一片云雾随风游
"吉祥三宝"一家的音乐人生

○ 于守山 著

有故事的中国人
Chinese with Stories to Tell

新世界出版社
NEW WORLD PRESS

布仁巴雅尔在草原纵歌

序
歌声的草原旋律的河

翻开这本书，作为布仁巴雅尔和乌日娜的老弟，作为同样的呼伦贝尔人，感动又感慨！熟悉的大哥和大姐，不熟悉的很多细节，让我们仿佛又一次面对面交流，这种交流有一段日子没有了。

《父亲的草原母亲的河》是大多数人都熟悉的被布仁巴雅尔成功演绎过的一首歌，但对于我们呼伦贝尔人来说，这却是再自然不过的生命履历，是很多蒙古人家中基本的传承。看完这本书，套用一下这个歌名，作为点赞送给布仁巴雅尔和乌日娜一家，那就是：歌声的草原旋律的河，我们都爱家乡呼伦贝尔草原，但布仁巴雅尔和乌日娜用歌声再一次定义和赞颂了这片草原。

在《吉祥三宝》中，有草原上小小家庭里的幸福与亲情；《天边》里，仿佛美景远在天边，可一瞬间又近在眼前。难怪在很多城市的卡拉OK厅里，人们点唱《天边》和《父亲的草原母亲的河》的时候都格外要强调：是布仁巴雅尔版本！这是一种对歌者最大的认同，也是他们声音的河会继续流淌下去的重要标志。

当然，除了歌声的草原旋律的河，他们还为呼伦贝尔做了很多很多，比如拍摄100位百岁左右的老人，构成了"草原万岁摄影展"和一本厚厚的书，再比如五彩童年合唱团的组建和成长，以及走向世界的影响。很多年过去了，我猜合唱团里的很多小布仁巴雅尔和小乌日娜已经长大了吧？

我想对于乌日娜大姐来说，翻看这本书，有伤感也更有欣慰吧！因为在文字中，"吉祥三宝"再一次团聚，再一次成长、成名、成熟和成功；在文字中，两个人再次因为爱走到一起，相扶相携，又走了那么久！更重要的是，一家人在文字中的这一次团聚，注定永不再分开，爱与旋律和优美的歌声会一直陪伴着乌日娜和家人坚强坚定地走下去，继续幸福，继续快乐，继续创造，必须的！因为布仁巴雅尔大哥在天边也在微笑着注视这人间的一切！

白岩松
2021年5月

目录 | CONTENTS

第一章 吉祥三宝 / 1

——所有的故事，都从这首歌说起

这首歌并不是专门为晚会创作的，甚至不是一首新歌。它能被选中上春晚，不得不说是一连串的偶然。

1. 高光时刻 / 2

2. 三个幸运开关 / 5

3. 女儿的生日礼物 / 11

4. 永远的《吉祥三宝》/ 15

第二章 花海草原 / 19

——布仁巴雅尔与乌日娜的完美爱情故事

在乌日娜和布仁巴雅尔的爱情中，布仁巴雅尔的角色是"爱神"，他比乌日娜还爱乌日娜。而乌日娜的角色是"保护神"，她比布仁巴雅尔更注重保护布仁巴雅尔，保护着他做最想做的事、保持他最喜欢的样子。

1. 草原上的初恋 / 21

2. 北京爱情故事 / 25

3. 爱情的模样 / 29

4. 一起回家乡 / 35

i

第三章　雪落原野 / 47
——布仁巴雅尔歌声背后的草原乡愁和情感底色

他热爱生命。他的热爱和大多数人不同：熟悉的朋友他并不显得格外热情，陌生的朋友他也并不表现得生疏，总是淡淡的，仿佛草原上的春风，你笑着站在那里它也是春风，你哭着它也是春风。

1. 草原乡愁 / 51

2. 心中的净土 / 62

3. 昨夜的柔情 / 66

第四章　超强大脑 / 73
——"万能"的吉祥妈妈乌日娜

"我想用自己的歌声、家乡多姿多彩的曲目代表我的家乡和世界对话，希望世界上有更多的人了解我的家乡。我想用音乐向所有热爱这个世界、热爱生活的人们致敬。"

1. 行者，能者 / 75

2. 歌者，学者 / 84

3. 师者，恩者 / 88

第五章　吉祥家人 / 97
——白云一样飘荡的诺尔曼、英格玛、乌达木

红的花，绿的草，
五彩游园的美妙，
金黄的太阳，
碧蓝河滔滔，
陌生人，熟悉人，
全是一家人。

1. "了不起的诺尔曼" / 99

2. 歌声中的英格玛 / 118

3. 梦中的乌达木 / 128

第六章 我的生命我的草原 / 147
——"吉祥三宝"一家人献给家乡的爱

草原上的草黄了又绿绿了又黄,兴安岭的春风来了又走走了又来,冰消雪融,春夏秋冬,他们的脚步里陆续地长出了"五彩合唱团"的故事、"敖鲁古雅"的故事、"小鹿艺术团"的故事……

1. 五彩合唱团 / 150

2. 舞台剧《敖鲁古雅》/ 162

3. 小鹿艺术团 / 174

第七章 呼伦贝尔·万岁 / 181
——深情的人做深情的事

"要是有人看到之后给他们建一个养老院就好了。如果能有一个养老院,那些老人的健康问题、医疗问题、卫生问题都会得到改善,他们的生活会更好,寿命会更长。"

1. 拍摄百岁老人 / 182

2. 纪录片和专题影像新闻发布展 / 188

3. 画册和摄影展 / 193

后 记 看见他们的美与好 / 203

大概,只有很当真、很长情的人才会做出这样认真却又漫不经心的事情:认真地生活,对得失漫不经心;认真地创作,对成败漫不经心;认真地交朋友,对利害漫不经心。

布仁巴雅尔和马

第一章　吉祥三宝
——所有的故事，都从这首歌说起

2006年的"吉祥三宝"

这首歌并不是专门为晚会创作的，甚至不是一首新歌。它能被选中上春晚，不得不说是一连串的偶然。

《吉祥三宝》是一首歌，"吉祥三宝"是一家人。一家人创作演唱了歌曲《吉祥三宝》，由此得名。

"吉祥三宝"中的爸爸布仁巴雅尔，出生于1960年，蒙古族人；妈妈乌日娜，出生于1963年，鄂温克族人。20世纪80年代，乌日娜和布仁巴雅尔先后从呼伦贝尔大草原一路唱着歌儿来到北京，一个在中央民族学院读大学，一个在中国国际广播电台做播音员。

这对相亲相爱的年轻人和所有的中国人一样，在改革开放的时代大潮中，拼搏着自己的才华，挥洒着恣意的青春。进入中年以后，一首无意中创作的《吉祥三宝》，让他们从默默无闻的普通人变成家喻户晓的明星，受到亿万听众和观众的喜爱。

从此，他们站上了一个天赐的舞台，展开了更为绚丽多彩甚至光芒万丈的音乐人生。

1. 高光时刻

2006年中央电视台春节联欢晚会上，《吉祥三宝》这首歌第11个登场。

第一章 吉祥三宝——所有的故事，都从这首歌说起

布仁巴雅尔、乌日娜、英格玛在2006年春晚上演唱《吉祥三宝》，一夜之间红遍全国

晚上9点左右，马头琴旋律响起，车台把一驾勒勒车从舞台左侧车到舞台中央。勒勒车上站着三个人：一个爸爸模样的人，一个妈妈模样的人，一个七八岁的小女孩。爸爸身穿白色蒙古袍，戴着白色毡帽，英俊潇洒；妈妈身穿紫色蒙古袍，甜美亲切；小女孩穿着粉色蒙古袍，稚气未脱。

他们富有特色的服装和站在勒勒车上演唱的出场方式，让很多人眼前一亮。

紧接着，歌声响起——

小女孩：阿爸。

爸爸：哎。

小女孩：太阳出来月亮回家了吗？

3

爸爸：对啦。

小女孩：星星出来太阳去哪里啦？

爸爸：在天上。

小女孩：我怎么找也找不到它？

爸爸：它回家啦。

爸爸妈妈女儿合：太阳月亮星星就是吉祥的一家。

小女孩：阿妈。

妈妈：哎。

小女孩：叶子绿了什么时候开花？

妈妈：等夏天来了。

小女孩：花儿红了果实能去摘吗？

妈妈：等秋天到啦。

小女孩：果实种在土里能发芽吗？

妈妈：它会长大的！

爸爸妈妈女儿合：花儿叶子果实就是吉祥的一家。

爸爸妈妈：宝贝。

女儿：啊。

爸爸：阿爸像太阳照着阿妈。

女儿：那阿妈呢？

妈妈：阿妈像绿叶托着红花。

女儿回答：我呢？

爸爸妈妈：你像种子一样正在发芽。

爸爸妈妈女儿合：我们三个就是吉祥如意的一家。

轻快、活泼的旋律，家常话一样的歌词，趣味盎然，琅琅上口。爸爸的声音浑厚温情、富有磁性，妈妈的声音响亮婉转、仿佛花开，小女孩的声音清脆天然、乖巧俏皮，整首歌行云流水、一气呵成，观众如沐春风。

演出顺利完成，他们心中的石头落了地，只觉得很幸运很幸福很吉祥。三个人和工作人员打了个招呼就高高兴兴地离开央视一号演播大厅，回家煮饺子了，未曾想到这场演出给他们的命运带来了巨大改变。

2. 三个幸运开关

春晚之后，到处都在播放、传唱这首歌。人们纷纷开始探秘：哪里来的这个节目？

其实这首歌并不是专门为晚会创作的，甚至不是一首新歌。能被选中上春晚，不得不说是一连串的偶然的结果，它神奇地踩中了好几个幸运开关。

第一个幸运开关是《吉祥三宝》被《天边》"意外"地"发现"了。

《吉祥三宝》是布仁巴雅尔第一张专辑《天边》中的一首歌，它是在整个专辑定稿的最后一刻才被收录进去的。

2005年，出《天边》这张专辑的时候，布仁巴雅尔已经45岁了。当年，编曲、录音、做后期的成本很高。布仁巴雅尔和乌日娜都是工薪阶层，虽然能写会唱，却一直没有出专辑的机会。

布仁巴雅尔话不多，但对人真诚，掏心掏肺，身边结交了一些很知心的朋友。这其中有一批比他年龄大一些的"老知青"，如冯丹云、马晓力、李三友等，他们都曾经在内蒙古草原上插过队，有着深深的"草原情结"。为了怀念草原、回忆青春，老知青们经常聚在一起喝酒唱歌，还组织成立了"草原恋合唱团"。布仁巴雅尔和乌日娜因为来自草原，能唱很多很好听的草原歌曲，因而受到老知青们的邀请，经常参加合唱团的活动。

有一天，担任合唱团团长的马晓力和其他一些团员们聊起来说，听了那么多人唱草原歌曲，总觉得他们的唱法都太学院化了，缺少草原的味道；只有听布仁巴雅尔唱歌时，才能找到草原的感觉，不知不觉就被他的歌声带回到草原，想起那逝去的青春，奔驰的骏马，洁白的蒙古包。

马晓力的话引起了其他人的共鸣，合唱团的朋友们都建议布仁巴雅尔出个草原歌曲专辑。

这当然很合布仁巴雅尔的心意。可万一专辑没人买，赔了钱怎么办，布仁巴雅尔暗自担忧，还是不好意思地推辞了。

但朋友们说干就干。冯丹云、冯丽雯迅速联系了当时最大的音像出版机构普罗艺术的王翔，谈好了专辑出版、发行等事宜。音乐人秦万民也迅速行动，亲自承担编曲、录音等工作。特别是老知青李三友，直接掏出15万元做启动资金。再后来，李三友又出了25万给布仁巴雅尔拍MV。布仁巴雅尔被大家七手八脚地"推着"干了起来。

不久，定位于"世界音乐概念的蒙古族音乐发烧天碟"的《天边》的小样就做好了。其中收录了《天边》《父亲的草原母亲的河》《呼伦贝尔大草原》等十多首经典的草原歌曲。

布仁巴雅尔的歌声质朴流畅，仿佛山涧里流淌的溪水沁人心脾。特别是他那种深邃悠远的演唱风格，表现出民族音乐浓郁的地域特色。时尚和流行的编曲及配器也融入其中，使整张专辑的民族音乐充满了草原风味和时尚感，令人耳目一新。

大家听了小样都非常高兴，相约一起喝酒庆祝一下。布仁巴雅尔和乌日娜非常感谢这些朋友的支持和鼓励,还特地带上女儿诺尔曼,一家人一首接一首地为朋友们唱歌助兴。

唱着唱着,朋友们全都放下了酒杯,问:"你们刚才唱的是什么歌?"

那是一首蒙语歌曲。布仁巴雅尔不好意思地解释说:"这个算不上是歌,是我们一家三口在家里玩儿时唱的。"

朋友们问:"谁写的?"

布仁巴雅尔说:"我写的。"

"什么时候写的?"

"早就写了,十多年了吧。"

"这首歌叫什么名字?"

"谢小庆给它起的名字是《吉祥三宝》。"

谢小庆也是一位老知青,早于其他人在他们家里听到这首歌。

《吉祥三宝》这首歌诞生的地方——爸爸布仁巴雅尔、妈妈乌日娜、女儿诺尔曼当时的家

这下子，仿佛又有一杯烈酒入喉，朋友们的心肝胃全都燃烧起来："这首歌好哇！这首歌得加到专辑里去啊！"

"不行不行！这是瞎写着玩儿的歌，是逗着小孩子玩儿、教小诺学蒙语的，艺术上达不到，和那些经典的草原歌曲比不了。"布仁巴雅尔连忙推辞。

"我们觉得好听。我们都觉得有新意。"朋友们七嘴八舌地说。

酒后吐真言，盛情不可却。一番激烈的"争论"之后，布仁巴雅尔和乌日娜服从了朋友们的意见：把《吉祥三宝》"补"到《天边》专辑里去。

为此，他们专门请好朋友王宝根据布仁巴雅尔的蒙语歌词大意填写了汉语歌词，录音时为了还原歌曲的天真烂漫，童声部分是由还童声童气的诺尔曼的表妹英格玛演唱的。

《天边》新闻发布会后合影留念。乌日娜说，这张照片里的每一个人都是他们的贵人

第一章 吉祥三宝——所有的故事，都从这首歌说起

第二个幸运开关是《吉祥三宝》被"中国歌曲排行榜""意外"地"推荐"了。

2005年春天，《天边》专辑问世。老知青们集体行动起来，发动各种资源，通过各种关系把专辑送到各个电台去"打歌"。那个时候，歌手打歌主要靠电台。全国各地的电台基本上都有自己的歌曲推荐和点播节目，其中最有影响力的是北京人民广播电台的北京音乐广播发起的"中国歌曲排行榜"，在全国各个电台联播。

北京音乐广播中国歌曲排行榜的DJ郑洋拿到《天边》这个专辑后特别喜欢，甚至听着听着感动落泪。"这个专辑太好了，简直就是天籁啊！"她在节目中大力推荐这张专辑，特别是《吉祥三宝》这首歌。郑洋是一位非常有音乐鉴赏力又有情怀的电台DJ，曾创办过《校园民谣》《就听好歌不听话》等知名音乐节目，后来晋升为北京

布仁巴雅尔在《天边》首发式上演唱

9

音乐广播的副台长。

有了北京音乐广播和中国歌曲排行榜的大力推荐,全国各地的电台和DJ们纷纷跟进。说来也怪,明明专辑主打歌是《天边》,各个电台的DJ们却都更爱推荐《吉祥三宝》。

第三个幸运开关是《吉祥三宝》被春晚总导演"意外"地"邀请"了。

2005年12月,"吉祥三宝"去云南演出,偶遇了2006年央视春晚总导演郎昆。当时,春晚节目已经选得差不多了,但看到《吉祥三宝》的舞台演出效果后,郎昆当即决定邀请他们上春晚。郎导和布仁巴雅尔、乌日娜并不熟,但对他们和这首歌有一种说不清的亲切和好感。

一个月后,《吉祥三宝》在春晚上红了。

布仁巴雅尔、乌日娜、英格玛的每次演出都收获无数的鲜花

3. 女儿的生日礼物

《吉祥三宝》这首歌，并不是有意"创作"出来的，而是爸爸布仁巴雅尔逗女儿诺尔曼玩儿时"玩儿"出来的。

1994 年，女儿诺尔曼 3 岁。乌日娜刚从中央民族学院毕业留校任教没几年，工作上非常忙碌，再加上经常会有一些演出，基本上顾不上管家。布仁巴雅尔刚刚调到北京没多久，对北京还有很多不适应，朋友也不多，在家的时间相对多一些。再加上布仁巴雅尔从小当家早，带着弟弟妹妹一起玩儿、一起长大，很会哄小孩儿，所以，女儿诺尔曼基本上都由他来带。

他确实很会带诺尔曼，有时讲故事听，有时唱歌哄。诺尔曼的问题经常一问再问，还总是天马行空，但对布仁巴雅尔来说这都不是问题。

第一，他有耐心：只要你问，我就回答；你反复问，我就反复

因为乌日娜太忙，大部分时间都是布仁巴雅尔带着诺尔曼

爸爸带着女儿玩儿，玩着玩着就开始了艺术启蒙

答。对此他有独到的见解：小孩子问问题其实是在学说话。小孩子学说话不可能一学就会，总是刚学了就忘，忘了就再问。这就需要大人一遍又一遍地教。

第二，他有秘诀：回答不要复杂，答案也不一定非得是正确答案，因为有些问题我们也不知道正确答案，但一定要有回答。他给女儿提出的成百上千的问题找了一个统一的终极回答：吉祥三宝。有了这个秘诀，他们之间的对话，经常能做到无限循环。

诺尔曼问："这个是什么？"

他就回答："这个是星星。"

女儿接着问："星星是什么？"

对于不好回答的，布仁巴雅尔就用"吉祥三宝"来答复。

有时候女儿还会接着问："吉祥三宝是什么？"

布仁巴雅尔就告诉她："吉祥三宝就是最好的意思啊。"

对于小孩子来说，得到"最好的东西""最好的意思"的答复时，就已经得到最终极、最满意的答案了。在蒙语里，"吉祥三宝"本身并不特指什么，但的确是"最好的东西""最好的意思"，布仁巴雅尔并没有敷衍女儿。

有一天，乌日娜也正好在家，看到了父女俩玩这个"游戏"。她听了一会儿，便对布仁巴雅尔说："你们俩这一问一答的，又像说话又像唱歌的，干吗不记下来啊，记下来多有意思啊。"

那个时候，布仁巴雅尔在国际台担任蒙语主持人、记者，经常做翻译、配音等工作，脑子快、手也勤，更有20岁起就在艺校学习蒙古长调和马头琴演奏的专业功底，说记就记：星星出来太阳去哪里了？回家了。叶子绿了什么时候开花？等夏天到了。它们在一起是什么？吉祥三宝吧。

就这样一句一句记下去，十几分钟他就写完了，用的是蒙语。他的蒙语水平比汉语水平高，平常他就是用蒙语和诺尔曼说话的。他有意识让生长在北京的诺尔曼学说蒙语。

至于旋律，就更简单了，一家人说话，用不到太多高音、低音、技巧，口语化就好，布仁巴雅尔几乎是一气呵成写完的。他说，基本上没什么旋律，就是诺尔曼噔噔噔噔跑来跑去的节奏，仿佛就是生活的真实记录。这也是他一直不认为《吉祥三宝》很有艺术性的原因。

那时候，正好赶上诺尔曼过3岁生日。在此之前，他们从来没给女儿过过生日，因为女儿出生那天恰巧是布仁巴雅尔父亲去世的日子。布仁巴雅尔按照蒙古族习俗要为父亲守孝，所以一直到第三年才开始给女儿过生日。他说，"就把这首歌当作生日礼物吧"。当天，一家三口人唱了这首歌，既好玩儿又有趣。

布仁巴雅尔说："这样的生日礼物最有意义，既不会丢失，也不

一片云雾随风游——"吉祥三宝"一家的音乐人生

诺尔曼3岁时第一次过生日,第一次唱生日歌《吉祥三宝》,茶几上摆放着生日蛋糕

诺尔曼版本的"吉祥三宝"是这个样子的

会损坏。以后只要小诺过生日，只要全家人团聚，只要一高兴，就可以一起唱这首歌，又有回忆又有欢乐。"

这个礼物的确很有意义。这首歌后来成为一家三口为朋友们表演的保留节目，一直到那次《天边》专辑小样的聚会。

那次聚会是他们一家人事业的分界点：《吉祥三宝》这首"生日歌"被从他们的斗室放飞出来，飞到了更广阔的世界里，并在之后的时间里，为他们赢回了整个天空。

唯一有点遗憾的是，诺尔曼错过了唱这首歌的年龄，不过一家人的故事也由此变得更加丰富多彩。

4. 永远的《吉祥三宝》

春晚之后，《吉祥三宝》这首3分27秒的歌曲获奖不断，接连收割了"北京流行音乐典礼"年度先锋金曲、"CCTV-MTV音乐盛典"年度最佳单曲、"中国歌曲排行榜"冠军、"香港中文歌曲龙虎榜"冠军、"亚太音乐榜"冠军、"中国民歌榜"冠军、改革开放30年30首流行金曲"三十年难忘金曲"奖、中宣部"五个一工程奖"等一系列大奖。

从1994年这首歌创作出来到2006年这首歌登上春晚，过去了12年。从2006年这首歌红遍大江南北到2018年布仁巴雅尔离世，又过去了12年。

前12年，《吉祥三宝》属于他们自己。

后12年，他们属于《吉祥三宝》，甚至以歌名代人名，他们自己的名字也变成了"吉祥三宝"。

后12年，是《吉祥三宝》长红的12年，也是"吉祥三宝"传

一片云雾随风游——"吉祥三宝"一家的音乐人生

"吉祥三宝"一家合影。这张合影上面有他们三个人的亲笔签名

奇音乐人生中的黄金 12 年——

布仁巴雅尔又陆续推出了《杭盖》《带我去草原吧》《我的生命我的草原》《春天来了》《鸿雁湖》（单曲）等多张专辑。

《吉祥三宝》像多米诺骨牌的第一张牌一样，连续推倒出"历史的声音""五彩合唱团""敖鲁古雅""小鹿艺术团""呼伦贝尔·万岁"等一系列大"作品"。

他们不仅多次登上中央电视台和全国各地的晚会舞台，还到 40 多个国家和地区进行了演出和文化交流。

诺尔曼考入美国伯克利音乐学院专业学习电影音乐作曲并以优异的成绩毕业回国，成长为一名崭露头角的音乐唱作人。

英格玛先后考入北京舞蹈学院附中、中央戏剧学院音乐剧表演专业，并在电影《乌兰巴托不眠夜》中担任女一号。

特别是第12年，也就是最值得纪念的2018年，更多的好消息不断传来——

诺尔曼发行了自己的全新专辑《小诺殿下》，斩获2018全球华人歌曲排行榜"年度最佳创作新人"奖。

英格玛主演百老汇经典音乐剧《为你疯狂》后以优异的成绩从中央戏剧学院毕业。

乌日娜晋升为中央民族大学声乐教授、系主任。

中央电视台开始播"成年版"《吉祥三宝》：节目里两个都出落得亭亭玉立的"女儿"诺尔曼和英格玛手牵着手和爸爸妈妈一家四口唱《吉祥三宝》。12年前喜欢他们的观众，至今仍然喜欢着他们，并为他们的成长和新的成绩送上新的关注和祝福……

但2018年的秋天，唯一的坏消息把所有好消息都打翻了：9月19日，布仁巴雅尔在海拉尔的家中突发心肌梗塞离开了人世。

《吉祥三宝》还在传唱，"吉祥三宝"却戛然而止——相亲相爱的一家人啊，少了一个就不再是"吉祥三宝"了。

第二章 花海草原
——布仁巴雅尔与乌日娜的完美爱情故事

布仁巴雅尔和乌日娜

在乌日娜和布仁巴雅尔的爱情中，布仁巴雅尔的角色是"爱神"，他比乌日娜还爱乌日娜。而乌日娜的角色是"保护神"，她比布仁巴雅尔更注重保护布仁巴雅尔，保护着他做最想做的事、保持他最喜欢的样子。

布仁巴雅尔和乌日娜是一对非常恩爱的夫妻。

他们二人，从外表上看，一个英俊潇洒、目光深邃坚毅，一个美丽勤劳、活泼开朗；从生活经历来看，都出生于呼伦贝尔，中学时就相识，都擅长文艺、喜欢唱歌。自18岁那年布仁巴雅尔"蓄谋"了好久借着酒劲"亲"了乌日娜的脸蛋一下，40多年来，他们始终情投意合、相亲相爱，一起创作、演出，一起抚养子女，一起回报家乡，是一对有目共睹的"从初恋到永远"的模范夫妻，如草原和大地一般始终紧密相依。

他们把每一个平凡琐碎的日子，过成了爱情最好的样子。他们从不吵架，遇到需要商量的事情时，从来都是乌日娜含情脉脉地看着布仁巴雅尔说"我听你的"，而布仁巴雅尔则坚定地说"你定"。

1984年，布仁巴雅尔为乌日娜写过一首《花海草原》，表达他对乌日娜热烈而又深沉的爱。这是他们的定情之作，也是他们最珍惜的歌——

花海连片的大地上，
钻蓝色的蝴蝶在飞翔。
我心爱的姑娘啊，

第二章 花海草原——布仁巴雅尔与乌日娜的完美爱情故事

2003年,布仁巴雅尔和乌日娜专门回到定情地拍下了这张爱情纪念照

这里是我们牵手的地方。

远处出现了一只小白兔,

仿佛是你的化身在眺望。

我心爱的姑娘啊,

这里的一切因你而变美。

1. 草原上的初恋

布仁巴雅尔是蒙古族,乌日娜是鄂温克族,他们都是草原的孩子。共同的家乡以及对家乡共同的热爱,是两人彼此相爱、爱情长久的感情基础。

一片云雾随风游——"吉祥三宝"一家的音乐人生

布仁巴雅尔的一生都对马一往情深

少年布仁巴雅尔特别羡慕那些身骑大马、挂满白霜的远方来客。在他眼里,那些人都非常了不起,从很远很远的地方来,走了很多很多的路,每个人都像英雄一样充满豪迈的气概。他其实不知道,那些是为了生活不顾天寒地冻、顶风冒雪的赶路人,白霜是艰苦和辛劳的痕迹:天气寒冷、骑马快奔,马也出汗、人也出汗,而出的汗又被低温迅速凝结成霜,长时间这样驰骋,人的帽子、眉毛、胡子、衣服,马的鬃毛、睫毛、身体,上上下下都会挂满白霜。

在少年布仁巴雅尔的眼里,白霜是"英雄"最美的装扮,他梦想有一天自己也能这样成为远方来的人。为了实现这个梦想,他试了好几次:跨上自己家的马,绕很大的弯子,骑到附近的邻居家。绕很大弯子一是增加距离,让马和自己跑累、出汗,二是改变一个方向,让邻居觉得他是一个远方来的人。但是,这几次尝试都失败了。

呼伦贝尔艺校时期的布仁巴雅尔和乌日娜。拍这张照片时他们还没开始恋爱。前排左一是他们的长调老师巴达玛

小小少年眼里的远并不是真正的远,距离不够远,马和他都出不了汗,身上也就没有白霜;邻居也根本不拿他"当远方的人看",人家老远就认出了他。他下定决心,一定要走一次远路,披霜成功。

布仁巴雅尔和乌日娜相恋后的第一年寒假,布仁巴雅尔非常思念乌日娜,于是决定骑上大马去看一看恋人。他的家和乌日娜家相距150公里,这个距离足够马和他出汗了,正好能让乌日娜亲眼看看自己身上披满白霜的样子。他渴望被她像英雄一样看待。

得到父亲的许可后,布仁巴雅尔一早就跨上马背出发了,直到天快黑了才到乌日娜家。当时,乌日娜的妹妹正好在院子里,被他全身上下的白霜吓了一跳,反应过来后,赶紧将他迎进屋里。但屋里的热气迅速融化了他身上的白霜,他还是没等来乌日娜崇拜的眼神。

"要是在院子里的是乌日娜就好了。"布仁巴雅尔多年以后讲起这个故事，还是有点遗憾。不过他的出现当时确实带去了惊喜，毕竟日夜思念的恋人相会了。第二天，布仁巴雅尔又骑着马回家了。

一段时间后，布仁巴雅尔和乌日娜的才华都得到了展现，业务水平飞速提升，成了呼伦贝尔的文艺小名人：布仁巴雅尔考进鄂温克旗乌兰牧骑任独唱演员及马头琴演奏者，乌日娜考进呼伦贝尔盟歌舞团唱歌。

乌兰牧骑下牧区演出多，歌舞团在市里演出多。后者的好处是，各方面的消息很灵通。

有一天，乌日娜听说中央民族学院要来呼伦贝尔招生，就动了心思：要是能考上中央民族学院，就能到北京去上学，就能更好地开阔自己的眼界，学到更多的新东西。她是听着《赞歌》"从草原来到天安门广场，高举红旗把赞歌唱……"长大的。

当时，布仁巴雅尔随乌兰牧骑正在演出和搜集民歌，被大雪困在乡下，回不来也联系不上，乌日娜决定不下来究竟要不要报考。她只是先去打听了一下怎么考，谁知道团里很正式地答复：不同意她考。

一时间，乌日娜的倔强劲儿上来了：偏要试试。等不及和布仁巴雅尔商量了，她直接去找了分管这项工作的吴副盟长，向他表达了报考民族学院的理想和迫切心情。

吴副盟长问她："有没有把握考上？"

乌日娜说："有。"

吴副盟长就让她回去了。

乌日娜回到歌舞团，领导就同意让她去考试了，并很快给她开了介绍信。

很多年以后乌日娜才知道，越级求助成功并不是因为自己的勇气，而是因为这位副盟长实实在在是一位爱惜人才、敢作敢为的好领导。他在人们的视野还不够开阔、思想还不够解放的年代里，破了很多次格，支持和帮助了很多有志向的青年人走出家乡、改变命运，也鼓励了很多人学成后回家乡工作、为家乡做贡献。

就这样，乌日娜闪电般地报考了中央民族学院。布仁巴雅尔知道后，心里咯噔了一下：一方面，他希望乌日娜能实现理想考上民族学院；另一方面他又发愁，万一乌日娜去了北京，他们的恋爱可能要黄。

20 世纪 80 年代，大学生是天之骄子，谁要是考上大学、胸前挂个校徽，走路都能把鼻孔扬到天上去。社会上流传着无数考上大学就抛弃往日恋人的"陈世美"的故事。布仁巴雅尔越想心里越七上八下。乌日娜看出了布仁巴雅尔的担心，给他吃定心丸，说："你放心吧，我不会当'陈世美'的，上完民族学院我还得回呼伦贝尔来。"

布仁巴雅尔的心里踏实了一些，开始全力以赴帮助乌日娜复习，照顾她的日常生活，让她专心备考。终于，乌日娜接到了民族学院的录取通知书。

2. 北京爱情故事

1984 年秋天，乌日娜走进了中央民族学院。

中央民族学院是一所著名大学，主要招收和培养全国各少数民族的优秀人才。学校位于北京市海淀区白石桥路，这条路上有许多所著名高校：相邻的是北京舞蹈学院、解放军艺术学院，往北依次是北京理工大学、人民大学、北京大学、清华大学。

刚刚来到民族学院的乌日娜满眼都是新奇。校园里有来自东西南北各个省份各个少数民族的优秀学生，新疆的、西藏的、广西的、宁夏的……许多民族、语言、服装、乐器都是她以前听也没听说过、见也没见到过的;学校周边也有很多有特色的饭馆,蒙古族的、朝鲜族的、傣族的,五光十色,令她眼花缭乱。

新生活总有不适应,幸好,有布仁巴雅尔的信带着布仁巴雅尔的心来看她、陪她。自从乌日娜去了北京,布仁巴雅尔再一次慌了神,他把对乌日娜的想念化作一封封书信。在那个"车马慢,书信也慢"的年代,北京和呼伦贝尔之间寄一封信,怎么也要走四五天,接到信再回信,来回就要八九天十来天,这个速度显然平抑不了布仁巴雅尔的想念,他干脆每周都写信。

很多年后,布仁巴雅尔接受内蒙古电视台《马兰花开》节目的采访时说:"那时候每个星期都要写信,只要没收到回信,就会担心她是不是出事了,是不是变心了。"乌日娜在2019年12月也回忆到了这些信:"……很多年没收到亲笔写的蒙文信了,这让我想起1984年至1988年之间,在民族学院读大学的时候,每个星期收到一封从海拉尔寄来的信,那些信是我永恒的回忆!"

当年,人们还没有现在这么自由,工作是分配的、户口是固定的,而且一旦固定就很难再改变。日常管理也很严格,几乎没有什么自由选择和弹性。布仁巴雅尔除了写信,还想方设法每隔一段时间来一趟北京,但很快就得再赶回呼伦贝尔。他们不知道未来会怎样,不知道怎样才能结束这种相思和煎熬。

四年后,能改变这种状况的机会终于来了:乌日娜要毕业了。她是尖子生,是内蒙古建设发展所需要的专门人才,最大可能是分回内蒙古。果然,内蒙古自治区文化厅来学校要人了。乌日娜趁机提出,她同意去呼和浩特,条件是把布仁巴雅尔从呼伦贝尔也调到呼和浩特,让他们能够团聚。自治区文化厅的领导很看重乌日娜的成绩和才华,爱才心切,同意了她的要求,并迅速把布仁巴雅尔的工作联系妥当。布仁巴雅尔和乌日娜欢呼雀跃。

然而，学校却突然提出：乌日娜是尖子生，得留校。

这可是个难题，乌日娜难得要哭了。好不容易要团聚了。另外，回呼和浩特，符合生源回本地的政策鼓励范围，有1000元奖励。这对于他们来说是一笔巨款，她很想得到这个奖励。但如果她不同意学校的留校安排，就是不服从分配，说不定会得到处分。

此时，一个消息给他们几乎陷入绝境的爱情带来了转机：中国国际广播电台正在译制一部电影，急需找蒙语配音。乌日娜赶紧托人把布仁巴雅尔的情况推荐过去。国际台考察了一下：这个小伙子声音好、蒙语好、汉语也还行，会唱歌、会拉马头琴，北京也来过。于是就借调了。

布仁巴雅尔深知这个机会的难得，借调期间拼了命地干，不仅出色完成了配音工作，还积极主动地额外做了音效、剪辑等工作。

1990年，布仁巴雅尔和乌日娜在中央民族学院门口留影

领导对他的勤快、才华看在眼里,考虑到台里正好缺蒙语播音员,就决定调任他了。

乌日娜和布仁巴雅尔一刻也不敢懈怠,赶紧给呼和浩特那边说明情况。自治区文化厅"抢人"失利,一边责备他们一边祝福他们,很大气地放人了。

后来,布仁巴雅尔成了国际台的播音员、记者,乌日娜留校成了声乐老师。再往后,结婚、生子、分房,一切都顺顺利利了。爱情有了坦途,事业有了方向,生活有了着落——他们在北京扎下根了。

一转眼,30多年过去了。中央民族学院改名叫中央民族大学,乌日娜升任声乐教授。白石桥路被拓宽了,改称中关村南大街。学校周边的农田和大杨树变成成片成片的住宅楼和写字楼。房子的价

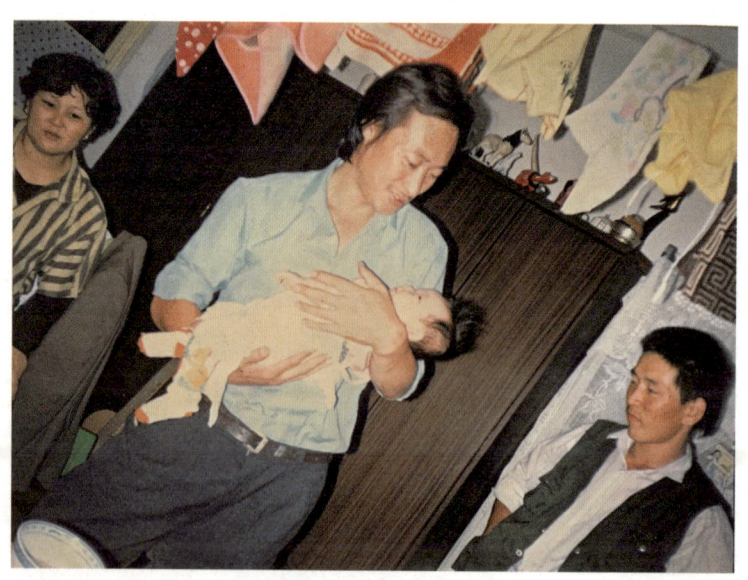

女儿诺尔曼出生100天时的留影

格贵得吓人，当初乌日娜很想得到的那 1000 元奖金，现在连 0.01 平方米都买不到。

如果没有布仁巴雅尔的随后追来，没有抓住国际台那次转机，后来的故事不知会是怎么样的，也许会发生在呼和浩特，也许是呼伦贝尔。幸运的是，一切都按照最好的样子发生了。

3. 爱情的模样

布仁巴雅尔和乌日娜的爱情故事，让身边的很多朋友都羡慕：他们好像一直在热恋中。

曾有一次，他们和"草原恋合唱团"的老知青们相聚，聊到青春和爱情：你的初恋是什么时候，那个初恋对象现在怎么样了。当

布仁巴雅尔和乌日娜 1992 年的合影

被问到这个问题,布仁巴雅尔想了想说:"我一直在初恋啊,我的初恋还没结束呢!"老知青们很惊讶,愣了一会儿神之后说:"还真是!你俩一直像初恋一样呢!"

在乌日娜和布仁巴雅尔的爱情中,布仁巴雅尔的角色是"爱神",他比乌日娜还爱乌日娜。而乌日娜的角色是"保护神",她比布仁巴雅尔更注重保护布仁巴雅尔,保护着他做最想做的事、保持他最喜欢的样子。

布仁巴雅尔话少,乌日娜爱说话,主内的是布仁巴雅尔,主外的是乌日娜。对外联系、找人、应个急的,都是乌日娜,请朋友吃饭也是乌日娜发通知定地方,致开场白和祝酒词。吃饭开始的时候,布仁巴雅尔坐在东道主的位置上,乌日娜坐在副陪的位置或其他随便什么位置上,但一定是乌日娜说"咱们开始吧",布仁说"好,开始吧"。乌日娜又说"布仁,你说几句吧",布仁说"喝酒吧"。乌日娜说"那我说几句吧",一二三四把开场白说完,然后大家才正式举杯开始。那意思就是,布仁巴雅尔是家长,但我们家有个发言人是乌日娜。

有人描述过他们俩对话的方式:

乌日娜充满柔情地对布仁巴雅尔说:我听你的。

布仁巴雅尔目光坚定地告诉乌日娜说：你定。

有人说，布仁巴雅尔年过五十，仍如少年般清澈，富有创作力，一方面是其自律，另一方面是有乌日娜替他处理生活、工作中大大小小的事情，让他免受打扰。

布仁巴雅尔和乌日娜一起策马奔腾

一片云雾随风游——"吉祥三宝"一家的音乐人生

第二章 花海草原——布仁巴雅尔与乌日娜的完美爱情故事

布仁巴雅尔和乌日娜一起坐在草地上看日落

一片云雾随风游——"吉祥三宝"一家的音乐人生

布仁巴雅尔和乌日娜一起在达子香开花的季节来看大森林

布仁巴雅尔看乌日娜的眼神,永远都是满含深情

34

有人说，他们就像《吉祥三宝》中唱的那样：爸爸像太阳照着妈妈，妈妈像绿叶衬着红花。

这正是爱情最好的模样。

4. 一起回家乡

布仁巴雅尔曾经说："年轻的时候恨不得去更远的地方，但真的去了远方以后再回头看，家乡又成了远方。这种感觉很不好，不应该让家乡成为远方。"

呼伦贝尔距离北京1800多公里。不算太远，也不算太近。如果有急事想要回去，两个小时飞机就到了；但如果没有特别的事情，几年都回不去一趟，直到有一天，被一些非常特别的事情触动，唤起心底的家乡记忆。

一天，布仁巴雅尔下夜班骑车回家，闻到空气中飘浮着家乡的味道，童年时熟悉的味道。他调动起全部的嗅觉和记忆，一路骑车猛追这个味道，一直追到中关村，看到了一辆马车。原来，那是马的味道。

对于感情细腻的人来说，乡愁的记忆一旦被唤起，回故乡的愿望就会变得很强烈。返回到魏公村的家后，他对乌日娜说，咱们得"回家"了。

从那以后，他们开始增加回呼伦贝尔的次数：回去看草原，回去看亲人。

他们还特意演唱了一首克明作词、乌兰托嘎作曲的《回家吧》。"回家"也变成他们重要的音乐主题。

一片云雾随风游——"吉祥三宝"一家的音乐人生

2004年布仁巴雅尔和乌日娜在鄂温克草原的留影。只要离开草原,总觉得是在流浪;只有回到草原,心儿才有方向

回家吧,回家吧!

老家有个蒙古包,

回家吧,回家吧!

心中有个洁白的蒙古包!

无论走到何方,草原就在我心上!

无论走到何方,草原都让我渴望!

我离开家乡,为了明天的理想,

虽然走遍世界,依然感觉在流浪!

……

2006年"吉祥三宝"成名之后,布仁巴雅尔和乌日娜开始为故乡做事——组建五彩呼伦贝尔儿童合唱团(简称:五彩合唱团)、创

办小鹿艺术团、创作原生态舞台剧《敖鲁古雅》、拍摄呼伦贝尔人文影像《呼伦贝尔·万岁》……

这些文化艺术类项目，是他们所爱、所长，为家乡做这样的事情顺理成章。除此之外，他们也做了一些令人意想不到的事情，比如帮敖鲁古雅"找"来"圣诞老人"，让鄂温克开出"太阳花"。

敖鲁古雅位于呼伦贝尔的根河市。根河位于大兴安岭区域内，有连绵不断的崇山峻岭，是中国的"冷极"，有气温记录以来监测和记录到的最低温度是-58℃。因为太过寒冷，冬天的时候，外地人基本上不敢来，本地人除了猎人外出打猎外也基本上都窝在家里。

这里一直是乌日娜魂牵梦绕的地方，因为这里有一个中国最独特的少数民族部落——使鹿鄂温克人部落。他们与乌日娜同宗同族。

2009年，布仁巴雅尔和乌日娜作为表演嘉宾和文化学者代表参加了在挪威举办的世界养鹿人大会。这次参会，使他们对家乡、对同族同宗的概念有了新的认知和发现：原来，世界上有着一个泛北极圈的大家族，鄂温克族人和瑞典、芬兰、挪威的萨米人，俄罗斯远东的埃文基人，加拿大北部的因纽特人，都属于这个大家族。这些地方有很多相近的生活方式以及相似的传统与习俗。他们还发现，连圣诞老人都是这个大家族里的"亲戚"。

布仁巴雅尔由此还解开了一个心中的疑问：为什么"圣诞老人"是个白胡子老头？他和我年轻时一样，在冰天雪地里长途跋涉得太久了，全身上下都挂满了白霜，看上去当然就是一个白胡子老头了。

那为什么"圣诞老人"要给人们发糖果呢？他似乎一通百通了：他们和使鹿鄂温克人有着一样的"猎人规则"：打到的"猎物"不能独吞，要分给别人。这种分，有时候是直接分"猎物"，有时候是把"猎物"卖了，用赚得的钱买来别的东西分给大家。

至于为什么是糖果呢？因为他们过节也要哄小孩子，当然要发

一片云雾随风游——"吉祥三宝"一家的音乐人生

第二章 花海草原——布仁巴雅尔与乌日娜的完美爱情故事

布仁巴雅尔在冬天的呼伦贝尔草原上

布仁巴雅尔和乌日娜在冰天雪地的敖鲁古雅大森林里

糖果了。

  布仁巴雅尔的"发现"是否站得住脚,需要文化学者来验证、评断,粗粗这么一说,逻辑上还真讲得通。

  一起去开会的国内代表们都非常兴奋:敖鲁古雅也应该有圣诞老人!其他国家的代表也非常兴奋,建议下一次的养鹿人大会到中国去开!

  2013年,经过代表们的奔走推动,世界养鹿人大会真的在根河的敖鲁古雅召开了,圣诞老人也来了。

  这件事情,给敖鲁古雅带来了巨大的影响和变化。文化、旅游、经济,方方面面一下子和国际接轨了。从那以后,根河的敖鲁古雅小镇就成了中国的"圣诞老人"出发的地方,每年圣诞节前后都举行盛大的仪式。有时候,芬兰、挪威一些有证书的"圣诞老人"也专门飞过来,参加这里的圣诞节仪式,给人们发糖果。白白的大胡子,红红的大棉衣,再加上驯鹿拉着的雪爬犁,使这里成为在中国过圣诞节味道最纯正的地方。也正因为有了这些元素,根河每年一度的冰雪节名气越来越大。到敖鲁古雅小镇和"圣诞老人"一起在林海雪原过圣诞节，已成为中国范围内冰雪经济的一个金字招牌，是许多旅游爱好者的打卡项目。

"太阳花"的故事也和敖鲁古雅有关。

在挪威参加养鹿人大会期间，乌日娜和布仁巴雅尔通过参观发现，那里的旅游搞得很好，人们也非常富裕，几乎人人都会传统银匠手艺，家家都经营银饰商店。这让他们很受启发：鄂温克族人，也应该做点什么！

他们想到了鄂温克的服饰。鄂温克的服饰非常有特色，特别是有着古老传统的饰物"太阳花"。鄂温克族祖先崇拜"太阳"，经过漫漫岁月的演进，形成了用皮毛做成"太阳花"挂在胸前的习俗。能不能像萨米人学习银匠手艺做银饰那样，把"太阳花"的习俗恢复起来做成工艺品和旅游纪念品呢？

可是，经过一代又一代生活方式的演变，现在的鄂温克族人已经不做"太阳花"了，手艺已经失传了。乌日娜于是大量查阅鄂温克相关的史料，寻找线索。最终她发现俄罗斯的埃文基人还有人会

富有特色的太阳花

洒满阳光的太阳姑娘工作室一角

"太阳花"的手艺。她联系上对方,让自己的妹妹乌仁去学艺。

乌仁从俄罗斯学艺归来后,和女儿艾吉玛一起开了"太阳姑娘工作室",专门制作"太阳花"。她们做的"太阳花"用的是品质优良的皮毛材料,样式别致、色彩鲜艳、寓意美好,很受人们的喜爱。游客们纷纷买下做纪念,还有的人当成时尚配饰,搭配各种裙子、风衣、大衣。

销量大了,就需要扩大产量。乌仁组织起更多鄂温克族妇女,手把手传授太阳花制作技艺。这些妇女都非常高兴不费力就可以学到手艺挣到钱。她们之前缺少学历和技能,要么是在家做家务,要么是外出打工干一些体力活儿,收入微薄,现在,情况好的时候一

乌日娜的外甥女艾吉玛，鄂温克旗级的太阳花非遗代表性传承人

个月可以赚到几千元。

随着"太阳花"产量的扩大，品控和管理又成为新问题。鄂温克族妇女没有"八小时工作制"的"上班"概念，乌日娜和乌仁以及乌仁的女儿艾吉玛一起，根据她们的特点，摸索出适合的管理方式，实行"计件+流水线"制。"太阳花"的制作步骤被拆解开，每人负责一道工序，这样既能提高每个人的熟练程度从而提高制作效率，又责任明确便于每一个环节的质量管控。工作地点也是灵活的，既可以把活儿带回家干，也可以聚到工作室里一边干活一边煮奶茶聊天。

能干的乌日娜又一次把一个小小的想法，做成了一件对家乡很大、很有意义的事情。

如今，"太阳花"已成为敖鲁古雅和使鹿鄂温克人的一个新象征，成为呼伦贝尔令人眼前一亮的一个新旅游产品，样式、色彩、大小、

布仁巴雅尔和乌日娜参加任何演出，胸前都佩戴着太阳花

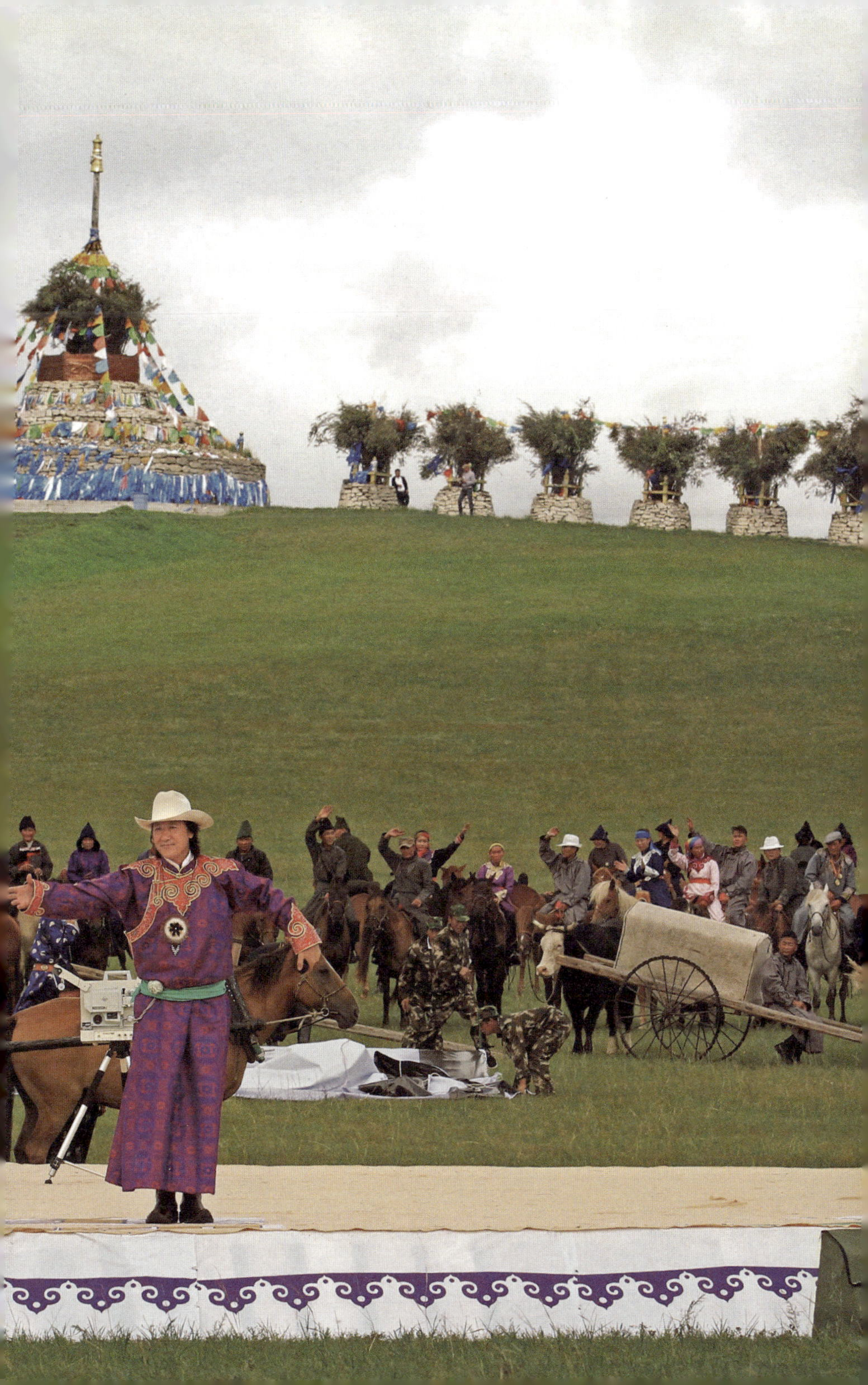

使用场合越来越多样，市场反响也越来越好，零售量、订货量都在不断攀升。"太阳花"在第十四届中国民间文艺山花奖优秀民间工艺美术作品评选中被评为金奖，被列为全国旅游景点重点推广产品，2019年还参加了在北京举行的世界园艺博览会。乌仁和女儿艾吉玛在乌日娜的鼓励下，越干越来劲儿，已经被内蒙古自治区批准为自治区级非遗项目代表性传承人。

　　布仁巴雅尔和乌日娜则带着诺尔曼、英格玛、乌达木等吉祥家人变身为"太阳花"的推广大使，在有他们参加的国内和国外各种演出和社交场合，都主动佩戴、推荐"太阳花"，无偿为家乡、为亲人做事出力。

第三章 雪落原野
——布仁巴雅尔歌声背后的草原乡愁和情感底色

布仁巴雅尔

他热爱生命。他的热爱和大多数人不同：熟悉的朋友他并不显得格外热情，陌生的朋友他也并不表现得生疏，总是淡淡的，仿佛草原上的春风，你笑着站在那里它也是春风，你哭着它也是春风。

布仁巴雅尔演唱了很多经典的草原歌曲，先后出版了多个磁带、CD个人专辑和合集——《吉祥三宝》《春天来了》《我有两个太阳》《巴尔虎布里亚特旋律》等等。他的个人代表作主要集中在以下专辑：《天边》（2005）、《杭盖》（2006）、《带我去草原吧》（2011）、《我的生命我的草原》（2015）、《鸿雁湖》（2018，单曲）、《雪落原野》（2019）。

　　他独特的嗓音和演唱风格，能把别人的歌曲唱成自己的歌，也能把新写的歌唱得像老歌一样深入人心。

　　他翻唱的《呼伦贝尔大草原》，成为最受欢迎、传唱度最广的版本。他首唱的《天边》，成为其知名度最高、个人特色最鲜明的代表作。

　　他才华横溢，作词、作曲写了100多首歌。生命中最重要的三个女人，他给每个人都写了一首歌。《月夜》是写给母亲的，是他写的第一首歌，也是让他最珍惜、最不忍心唱的歌；《花海草原》是写给妻子的，是让他最刻骨铭心、带来最珍贵爱情的歌；《吉祥三宝》是写给女儿的，是给他带来最大转机的歌。

　　他所有的歌曲，都和草原与爱有关。

第三章 雪落原野——布仁巴雅尔歌声背后的草原乡愁和情感底色

布仁巴雅尔在草原上拉起马头琴

布仁巴雅尔和乡亲们一起纵马草原上

一片云雾随风游——"吉祥三宝"一家的音乐人生

布仁巴雅尔魂牵梦绕的是草原乡愁

1. 草原乡愁

布仁巴雅尔曾作词作曲了一首歌《春天来了》,歌曲用轻快的曲式和鲜明的节奏表达了春天来时的喜悦心情——

太阳太阳暖暖地暖暖地照,
白云白云轻轻地轻轻地飘,
草原草原绿绿地绿绿地摇,
骏马骏马哒哒地哒哒地跑,
冰雪融化滴滴地滴滴地敲,
小河又在哗哗地哗哗地闹,
风儿吹来阵阵地阵阵地笑,
鸟儿飞去欢欢地欢欢地叫。
春天到啊春天到,
春天来到我的家,
崭新的世界最美好,
想做的事情要趁早。

布仁巴雅尔无数次歌唱春天、歌唱草原。这和草原上的人更渴望春天,对春天到来、草原回绿有着更深切的期盼有关,也和布仁巴雅尔是春天出生的有关。

布仁巴雅尔的生日其实是个谜。他出生于1960年3月,那个年代草原上的人们不怎么看日历,他的爸爸和妈妈只记得"在小马驹出生的头一天"生的布仁巴雅尔。到后来,需要登记户口、办理身份证的时候,爸爸妈妈根据"小马驹"是3月初生的而把他的生日登记为3月6日。布仁巴雅尔对此并不在意,反正是春天的时候出

一片云雾随风游——"吉祥三宝"一家的音乐人生

第三章 雪落原野——布仁巴雅尔歌声背后的草原乡愁和情感底色

布仁巴雅尔在草原上
为乡亲们拉马头琴

一片云雾随风游——"吉祥三宝"一家的音乐人生

布仁巴雅尔在草原上和乡亲们拉家常

生的,冰雪已经开始融化,风儿已经开始变得温柔,在这些天里哪天过生日都行,都是好事情。很多时候,他还很乐意让一些生日相近的朋友聚到一起过生日,在他眼里,"我们都是春天的孩子"。

文艺学理论里有一句话:人一辈子都走不出童年。

对于布仁巴雅尔来说,春天给了他生命和洋溢的才情,他的童年和故乡情结形成了他一辈子的情感底色和不竭的创作源泉。

他热爱草原大地。这种热爱并不只是源自草原的美丽景色,更是因为那是他的祖先和亲人们世代生息和长眠的地方。

草原牧民的土葬习俗跟汉族的不一样。汉族的土葬要有棺材,棺材里要摆放一些陪葬品,挖深深的坑,堆高高的坟。草原上牧民们的土葬,是"野葬"式的。早期的野葬基本上就是把死者置放到野外。到他童年记事的时候,已经改为埋在土里了。只不过那时的土葬,是不使用棺材的"浅埋":挖一个坑,把土填平,再把草恢复到原位。这样做的理念是,逝去的人很快会腐化融入大地,而坟上

只要回到草原上,布仁巴雅尔的脸上就浮现出孩子般的欢欣

很快会长出草和花。后人们再来祭奠的时候,只希望看到这里的草长得茂盛,花开得鲜艳。如果是这样,那就说明,一切都非常完美,非常吉祥了。

每当草原的人们回到草原,就仿佛又和自己的亲人见面了。他们对草原大地的爱,绝不仅仅是风吹草低的景色,也不是一望无际的辽阔,而是"苍茫大地,生生不息"的轮回及与亲人的相拥相望。

"苍茫大地,生生不息",是布仁巴雅尔多年后写的一首《苍茫谣》中的歌词——

走进原野的宽广,
一抹笑容在发光。
那是花变的姑娘,
风中轻舞如波浪。

一片云雾随风游——"吉祥三宝"一家的音乐人生

布仁巴雅尔在草原上拍摄 MV

启程森林的方向,
有双温暖的臂膀。
那是山化的儿郎,
天染哈达献远方。

童年歌谣在回荡,
思念翻滚在胸膛。
闭上眼看见家乡,
睁开眼继续远航。

草原森林相依相傍,
如那恋人相拥相望。
苍茫大地生生不息,

布仁巴雅尔在草原上拍摄 MV

那片花海在我故乡。

这种领悟和情感是无可比拟的。

布仁巴雅尔的父亲、大哥、妹妹都是这样土葬的。当他踏上草原，心中想起的是他的亲人们，眼前看到的是他们的影子，风中吹来的是他们的气息和体温。他对草原大地的爱也因此是生死相依的。

当布仁巴雅尔稍微有一些能力的时候，和乌日娜一起创建了"草原之友"公益组织。他们组织身边热爱草原、有草原情结的人，在草原上发放了几十万本保护草原的法律手册，宣传保护草原、防止草原退化和沙漠化。后来，他还参加了国家林业和草原局的"绿色中国行"活动，到北大荒农垦，到红原草原、塞罕坝林场、长白山进行公益演出，成为绿色中国公益大使……一切都缘于他对草原、森林、大地的爱。

他热爱生命。他的热爱和大多数人不同：熟悉的朋友他并不显得

布仁巴雅尔喜欢马,也喜欢和马在一起拍照片,这张把正脸留给马、自己只拍背影的照片,印证了他说过的一句话:"马比我们重要,马比我们懂得草原。"

格外热情，陌生的朋友他也并不表现得生疏，总是淡淡的，仿佛草原上的春风，你笑着站在那里它也是春风，你哭着它也是春风。他的这个性格也是自童年的习惯养成的。

草原上牧民的特点是散居。即使都住在一片草原上，彼此之间也相距很远。尤其在20世纪六七十年代的时候，呼伦贝尔更显得地广人稀，老远才有一个蒙古包。对于游牧或者远行的人们来说，有事时不用非得回自己的家，任何一个蒙古包都可以是家，不认识的人家也可以下马就进。即使蒙古包的主人不在家，也可以走进去，喝水、做饭、休息一会儿，走时也不用刻意留字条或者留钱，今后万一遇到了对上号了，说一声"我去过你家"即可，连谢谢都不用说，蒙语里就没有"谢谢"这个词。同是草原人，相逢何必曾相识？草原上的人才敢说都是一家人。即使到了现在，草原上尚未被旅游过度开发的地方，仍然保留着这样的习俗。就连打架，草原上的人

布仁巴雅尔内心善良纯真，善待马和牛羊，并把它们当作自己家的一口人

布仁巴雅尔给马拉马头琴。那一天,布仁巴雅尔拉了很长时间的琴,这匹马站在旁边听了很长时间。布仁巴雅尔说:"马是通人性的,可能是它也听到了它祖先的声音。"

也是打不出仇来的。打架只是为了讲理,通过分胜负把道理讲得更透明更公平,从来都不是强者对弱者的欺负和霸凌。所以,他们的身上总是带着这种不熟悉也不陌生、不热情也不冷漠的气质,一切由你自己掌握。

布仁巴雅尔成名以后,仍然是这样。乌日娜的学生们到他们家,可以像回自己家一样自在随意;而拘谨的朋友来,他也不会特意劝他们放松。他倾尽心血创建五彩合唱团、小鹿艺术团,"吉祥家人"越来越多,都是出于对生命的热爱,把家的概念扩大到很大很大:你们都是我的家人,我的家就是你们的家。

他内心善良和纯真。如果和布仁巴雅尔对视过眼神,你会发现,他的眼神深邃又清澈。这也和他童年的经历息息相关:草原上的人

拍一拍马背，抱一抱小羊羔。布仁巴雅尔说："要爱它们。"

们，祖祖辈辈相传，要做善良的人。

布仁巴雅尔清楚地记得，小时候，大人告诉他们不要去动鸟窝：女孩子动了鸟窝，脸蛋就会变形，就会变难看；男孩子的影子一旦落在鸟窝上，大鸟就不要鸟窝了，小鸟们就会死去。这些其实是祖辈们教育孩子的策略，让他们产生敬畏心，进而起到保护小鸟的作用。

对于马也是这样，孩子们被大人教育道：马不是牲口，而是家里的一口子，是来和家里人一起干活的。不能打它们，不能训它们，骑马不是欺负马，而是跟马一起飞奔。

由于从小受到这样的教育，布仁巴雅尔始终都看不得农区的人对马和牛等牲畜的使用。他认为，这些牲畜被用得太狠了，他能从它们的眼神中看到苦痛。他说，草原牧区的人都是小心翼翼伺候马的人，总是希望大草原上的马儿和人一样自由、快乐、健康。

布仁巴雅尔说：真的，要善良。

2. 心中的净土

写歌的人都希望自己写出好歌，唱歌的人更希望把好的歌唱给更多的人听。但布仁巴雅尔却在 30 多年的时间里，把自己最看重最珍惜的歌，深深埋在心底。这就是《月夜》，他写的第一首歌。

一片云雾随风游，
一轮明月空中走。
千里草原静悄悄，
一座毡包孤零零地愁。
哎，夜色多么美，
姑娘在等待。

马蹄敲醒沉睡的路，
歌声飞过层层山谷。
点燃的篝火染红了毡房，
心中的恋人来相见。
哎，夜色多么美，
月光下牵你的手。

这首歌他很少唱，也没有收录到任何一张专辑里。2017 年春天的一天，在北京"蒙古大营"的一座毡房里，布仁巴雅尔在乌日娜的鼓励下，向前来聚会的众多朋友，讲述了这首歌曲创作的前前后后。

这是写给母亲的,写的是他的父亲和母亲的爱情故事。歌的背后,深藏着布仁巴雅尔童年时的悲伤故事,以及他对父母青春和爱情故事的赞美和悲悯。每当唱起这首歌,他心中翻卷起的不仅仅是歌词和旋律的优美,还有心底的忧伤。

8岁那年,一轮明月照亮整个草原的深夜,熟睡的布仁巴雅尔被一个声音扰醒,爬起来一看,是妈妈在哭泣,她的手里抚摸着爸爸的衣服。8岁的布仁巴雅尔像那个时代许多蒙古族男孩子一样,最喜欢和小伙伴一起在草原上疯、在草原上野,唯一能让他怕的,就是父亲的严厉管教。每当父亲出现,他的第一反应就是跑,赶紧跑到父亲看不到的地方继续撒欢。布仁巴雅尔突然想起来,难怪这几天没人管他,原来父亲已经接连好几天都不在家了。可是,母亲为什么哭呢?在他的追问下,母亲断断续续地告诉他:你已经是个小男子汉了,不能再像以前那样到处疯到处野了,应该做家里最能干的男人了。爸爸犯了路线错误被抓走了,好几天都没有消息,刚刚有人捎来信儿,让妈妈给他送衣服去。那时正值"文革",路线错误是一件非常严重的事情,以后不知道会怎么样,更不知道他人还能不能回来。

在任何一个蒙古族家庭里,男人都是家里的天,家里的顶梁柱。顶梁柱不在了,家里的天就塌了。看到妈妈哭得那么无助,布仁巴雅尔仿佛一下子长大了,第二天一早起来彻底变了一个人,烧火、担水、喂马、赶车、放羊,所有男人干的活儿他全都主动抢过来干,甚至于弟弟、妹妹,他都像父亲一般管起来。

但生活还是越来越艰难。父亲原本是干部编制,每月有工资,有物资供应。被抓后,父亲从前的待遇都没有了。烧火用的羊粪砖也断供了,布仁巴雅尔不得不自己动手去"打苇子"。

63

一片云雾随风游——"吉祥三宝"一家的音乐人生

布仁巴雅尔和母亲（左一）及姨妈的合影

"打苇子"对8岁的布仁巴雅尔来说，是一项非常难的活儿。那些年，草原上的苇子长势非常凶猛，密密麻麻比房子都高，能把他深深地埋在芦苇丛里。但他不畏难，他要证明，自己是家里的男子汉。他不能让妈妈担心，不想让妈妈再哭。但是，无论他怎么卖力气干活，每当天黑月亮升起，他还是看到妈妈在哭，而且哭得更加压抑，更加孤单。他渐渐懂得，妈妈并不是对他不满意，而是越来越无法排遣对爸爸的思念及担心。他也渐渐悟到，曾经经常吵架、看上去并不怎么恩爱的父亲和母亲，其实早已深深地彼此依赖，不能分开。从那时起，母亲在月下哭泣，思念和牵挂爸爸的场景，就

64

深深刻在他的心底。

长大后,他把妈妈等待爸爸的场景写成了歌:千里草原静悄悄,一座毡房孤零零地愁。月色多么美,姑娘在等待。

很多年以后,一些音乐同行和媒体朋友建议布仁巴雅尔把这首歌作为一个主要作品,重点推介。在他们看来,这是一首无可挑剔的草原情歌,歌词纯情,旋律优美,完全可以成为新一代草原小夜曲。但布仁巴雅尔没有同意。"一座毡房孤零零地愁"的是他的母亲,"心中的恋人来相见"的是他的父亲,其中的情感如何给别人解释?他之所以把这个饱含悲伤的故事写得那么优美甚至浪漫,是因为他从来都不用黑色的眼睛去看世界,他希望自己写的所有歌都是深情的且带着温暖的光,抚慰人们的心灵。

那次聚会上,一直与布仁巴雅尔合作的音乐人秦万民也在现场,恰巧带了一把吉他,他邀请布仁巴雅尔"再合作一曲"。于是,秦万民弹吉他,布仁巴雅尔唱歌,蒙语歌词、汉语歌词,这首歌唱了一遍又一遍。

在场的朋友们听完布仁巴雅尔的讲述,再听这首歌,眼角都挂上了泪花。

令人欣喜的是,那次聚会之后不久,布仁巴雅尔便对这首歌释然了。他在中央电视台《回声嘹亮》栏目中推荐并演唱了这首歌,尘封了30多年的歌曲和故事终于被世人听见。《回声嘹亮》是一个以"向经典的文艺作品致敬"为特色的节目,由推荐人推荐心中的经典旋律和作品,并讲述推荐理由,从而唱响时代的旋律,解读时代作品中的情怀。后来,另一位蒙古族歌手包胡尔查在得到布仁巴雅尔的授权后,也翻唱了这首歌曲并在电台打榜。但终究,布仁巴雅尔还是没有亲手把这首歌推红,因为,一年后他就离去了。

人,有命运。歌,也有命运。这首歌的命运诠释出布仁巴雅尔艺术和人生的一个不为人知的秘密：始终在心里给自己保留一片净土，绝不对外展示，也飘不进一丝污染。正因如此，他才始终保有那份高贵感。

3. 昨夜的柔情

布仁巴雅尔在音乐上有着非常高的自我要求。他从不承认《吉祥三宝》是一首很有艺术水准的歌曲，从未写论文、组织学术会议为《天边》做研讨。他认为自己还没做出最想要的那个代表作，他一直想让自己的音乐有一个更好的样子。

他说：民歌，是最顶级的音乐。他很想做出一张顶级的民歌专辑，既有民族性又具有世界性。这是他为自己确定的最高音乐理想。正是因为有了这个明确的理想，他才对自己之前所有的创作都不逞不争。他一直鞭策自己，终有一天，要做到让自己说好。

事实上从 2012 年起，他已经开始实施这个顶级民歌专辑的计划了。他对品质的要求可以用"苛刻"来形容，计划实施得非常非常慢。整个过程他一直没有声张，只想等满分后再交卷。直到 2018 年 9 月 19 日他离去，几乎没有多少人知道他有一个这样的计划，更没有人知道他的这个计划到底进行到了什么程度。

他连对乌日娜都没有透露太多内容。布仁巴雅尔去世一段时间后，慢慢从悲伤中恢复过来的乌日娜着手整理丈夫遗物时，找到了 9 首已经做好编曲和配器的伴奏，以及他录好的人声小样，这才知道，他已经做了大量资料搜集和整理工作，为这个计划花费了这么大的心血。

乌日娜非常吃惊。她曾关心地问过布仁巴雅尔专辑进展情况，

布仁巴雅尔在创作中

得到的答复总是"还不行呢"。她不再多问，只是努力创造宽松的氛围让丈夫能安心做自己想做的事情。令她没想到的是，布仁巴雅尔口中说的这个"还不行"已然是这么丰硕的成果：这9首歌，东起鄂伦春、鄂温克、巴尔虎，西至鄂尔多斯，北上布里亚特查腾，南下科尔沁，居中喀尔喀，涵盖西伯利亚—蒙古高原，都是他自己亲自采风、亲自整理、亲自加工的，都是他千挑万选、大海捞针一样从最原生态的人们那里淘回来的古老民歌，是他想用灵魂去理解、用生命展现给世界的珍宝。

布仁巴雅尔为了做好这张民歌专辑，特地邀请柴可夫斯基音乐学院的先锋作曲家和制作人、俄罗斯布里亚特共和国贝加尔剧院的音乐总监巴特图拉嘎（Battulga）一起合作，试图打破传统民族音乐的配器模式，做出一张基于原生态古老传统民歌但又非常具有实验

一片云雾随风游——"吉祥三宝"一家的音乐人生

布仁巴雅尔在录音中

布仁巴雅尔在候场

布仁巴雅尔在演唱中

布仁巴雅尔

性的民族音乐专辑。

他是铁了心，不打磨成精品，不罢休。

也许，这个世界上压根儿就没有什么完美的事情，有七八分、八九分就已经是天堂了。后边的一切，只能由他最亲爱的也最懂他的妻子来完成了。乌日娜花了大半年时间，把他记在稿纸上、烟盒上的零散手稿、笔记一一收集起来，把还不成体系的音乐素材和小样汇总起来，找人进行缩混做成母带并制作成了布仁巴雅尔的最后一张专辑。专辑以其中一首歌《雪落原野》命名，以布仁巴雅尔一张低头看手机的生活照做封面，于2019年10月18日布仁巴雅尔去世一周年又一个月整的这一天，以数字唱片DRA的形式在唱片库全网首发。

这张专辑里的9首曲目全部是布仁巴雅尔亲自搜集和编选整理的，且全都是用蒙语演唱的，没有汉语歌词。

布仁巴雅尔和爱人乌日娜

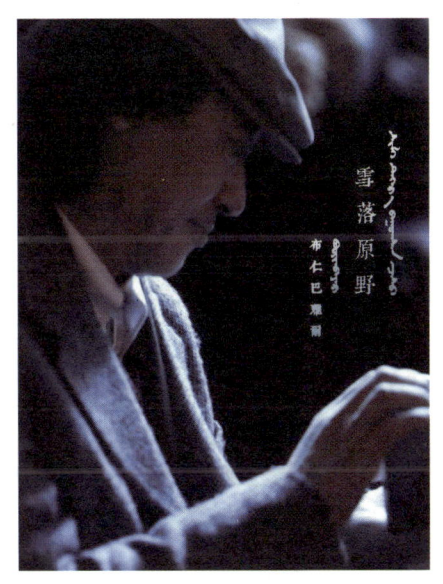

《雪落原野》数字唱片 DRA 封面

9 首歌曲是——

1.《猎人吆呵尔》

2.《克讷耶》

3.《春》

4.《铃兰花》

5.《山岗青草》

6.《诺门罕》

7.《奥尤赞丹》

8.《查腾送亲歌》

9.《雪落原野》

唱片库在首发这张 DRA 的公号里发了推文，标题下写了 16 个字——

> 高原雪落,朗歌隽永。
> 苍苍切切,默声他乡。

人们无法知道,布仁巴雅尔想把这个专辑做成什么样子。但对于所有热爱他的人来说,这已经是最好的样子了。至少,人们拥有了它。这张《雪落原野》,不一定能让布仁巴雅尔在"天边"露出满意的微笑,但一定能让喜欢布仁巴雅尔的人们感受到他给这个世界留下的"昨夜的柔情"。

第四章　超强大脑
——"万能"的吉祥妈妈乌日娜

乌日娜

"我想用自己的歌声、家乡多姿多彩的曲目代表我的家乡和世界对话，希望世界上有更多的人了解我的家乡。我想用音乐向所有热爱这个世界、热爱生活的人们致敬。"

一片云雾随风游——"吉祥三宝"一家的音乐人生

　　乌日娜的头发总是蓬得很松很高，经常挑出一小绺颜色，有时是红色，有时是蓝色或绿色等鲜艳色彩，很好看。她热情、快乐、爱笑，加上标志性发型，具有很强的感染力和辨识度。

　　乌日娜是中国著名的鄂温克女高音歌唱家，国家一级演员，鄂温克叙事民歌传承人，获得过全国少数民族声乐比赛最高奖金凤奖。

　　她是中央民族大学声乐教授，音乐学院声歌系主任，俄罗斯国

有人称乌日娜为"行者"，走得远，啥都能干

从前草原上信号不好，打个电话要骑马出去很远才能找到信号

立师范大学和圣彼得堡音乐学院访问学者，出版有个人专辑、MV《祝福你，鄂温克》《鄂温克风情》《历史的声音》，编辑出版多本教材和学术著作，是其其格玛、乌兰图雅、莫尔根、阿木、修一等300多名学生的老师。

舞台上，她总是把中间位置留给女儿和爱人，生活中她是家里的超强大脑，一家人的主心骨。她被称为万能的"吉祥妈妈"。

1. 行者，能者

乌日娜从小就特别能干。她眼里有活儿，一找到活儿就特别高兴，不怕苦、不怕累。

她在上小学之前就学会了给全家人熬奶茶、做饭。那时候，草原上人们烧火用的是牛粪，适时加减灶坑里的牛粪控制火势是挺有难度的事。但她喜欢干，而且越是干得满头大汗越觉得快乐。她的父亲对母亲和亲戚们说："咱们家里，这个孩子将来肯定是生活得最好的那一个。"

乌日娜生长在一个和谐快乐的家庭。她的父亲是一个从部队复原回来的基层干部，每月有5块钱的工资，她的母亲是一个哈温的女儿（哈温是满语，相当于今天的村主任）。虽然他们都没有上过多少学，但在当时，和当地的牧民们相比，已经算是有文化的了。他们比一般的家庭更重视对孩子的教育，更讲究教育孩子的方法。父亲经常给孩子们讲故事，有的是外面的见闻，有的是做人做事的道理。乌日娜从小就是听着这些故事长大的。

直到很多年以后，她都清楚地记得父亲讲的一个道理：想知道谁家过得好，就看谁家的烟囱冒烟早。意思是说，那些能早早起床的人家，一定是勤劳的、和谐的。因为早起生了火，家里就亮堂、暖和，人的心情就好，就趁时间充裕打扫屋子、清理牛圈马圈，干各种活儿。这样的人家，一定是能过得好的。父亲对自己家的要求也是这样的，每天早上五六点钟，他就把孩子们叫起来，轰着大家一起动手打扫屋里院外，把人和牲畜都拾掇得干干净净。

他总是提醒孩子们"眼里要有活儿"。这句话对乌日娜的一生都起了非常大的作用，让她一辈子都知道自己该干什么——考民族学院，选择留校，调布仁来京，组建"吉祥三宝"，创办五彩合唱团、小鹿艺术团，导演《敖鲁古雅》，走遍内蒙古的每一个地方……

父亲说对了，她真的成了家里生活得最好的那一个了。这不仅是指她如今的物质生活、业界地位和社会影响力，还包括她在什么阶段、什么情况下都能找到目标和方向，并且快快乐乐地干起来，

1999年，乌日娜获得硕士学位留影　　　　　　　　乌日娜参加学术活动

包括不断投入新的事业、新的生活，创造出新的价值。

在音乐上，她是一直前行的求知者。在舞台实践上，她获奖无数。在生活中，她是一个全行的多面手，所有的财务都是她管，所有的杂事都是她办。

在"吉祥三宝"演出场次特别多的那些年里，一家人的行李、订票、酒店、送机接机，行程、时间表，排练化妆，全都是她管。她总是反复检查确认，直到每一件事情、每一个细节都能对上号。草原上的人往往习惯看天行事儿，但乌日娜总能做到精准无误。

女儿诺尔曼曾在一次采访中说，妈妈的细致和操心让她很吃惊。他们一家三口曾多次随"四海同春"去世界各地演出，每次妈妈都不会忘记带上吹烫机。每到一地，她一定先打开行李，把演出服拿出来,一一熨烫平整、挂好,保证演出时服装整整齐齐。小诺对妈妈说,"其实不用自己带,酒店里都会有"。妈妈却坚持带,行李再多也一定要带,"万一没有呢"。

乌日娜受母亲的影响特别大。她的母亲作为哈温的女儿,年轻时就比周围人更自律,更有教养,年事高了以后仍然喜欢干干净净,80多岁的时候还每天洗澡。赶上过节还要喷上点香水,说:"过节就要高高兴兴地过。"

这些特点,全被乌日娜继承下来了。无论什么时候,什么场合,乌日娜总是穿戴得整整齐齐、干干净净,甚至有一点点正式、一点点隆重——并不是刻意打扮,是骨子里的自律。

为了民歌,乌日娜做了翻山越岭的"行"者。她是教民族唱法的声乐老师,又来自内蒙古,于是给自己定下了一个目标:内蒙古的

乌日娜进行学术交流

民歌，全得会。

这其实是一个非常高的要求：内蒙古很大，每个地方的民歌都不同，有时甚至隔一条河换一个村庄，都不一样。要想全都会，就要跑全这些地方。先不提东部的锡林郭勒、科尔沁，西部的鄂尔多斯、阿拉善；光是大呼伦贝尔就足够大，仅巴尔虎蒙古族就有陈巴尔虎旗、新巴尔虎左旗、新巴尔虎右旗，更有呼伦湖、贝尔湖、额尔古纳、鄂温克、鄂伦春、莫力达瓦达斡尔。还有数千年相互迁徙影响着的或同根或同源的俄罗斯的各个民族，蒙古国的各个地区，整个西伯利亚—内蒙古高原……

没有别的捷径，只能展开旅程。

乌日娜充分利用每一次出差、每一个节假日，借每一次探亲访友之机，尽可能地多去一个地方，多见一个人，多听一首歌，一点点展开采风的行程。积沙成塔，积水成渊。几十年时间，她走遍了内蒙古的每一个地区，掌握了每一个地区的代表性民歌。有人给她起了个"点歌台"的绰号，"内蒙的歌，她全会"。但乌日娜觉得，这只是溢美之词。人家越是这样说，她自己心里越不踏实。

在几十年的采风中，乌日娜发现，散落在村庄、树林、河边的民歌非常浩瀚，但随着老人们的逐渐离世，会唱的人已经越来越少。得抓紧把它们记录下来，不然它们就会真的失传。

其中有一个故事，很有代表性：十几年前，乌日娜认识了使鹿鄂温克部落里的老酋长玛丽雅·布。玛丽雅·布很会唱歌，而且会唱很多别人不会唱的歌，乌日娜第一次见面就向她学到了十几首歌。那时玛丽雅·布已经100岁了，有些歌一时想不起来，乌日娜就说"我还会再来的"。之后，乌日娜一有机会就去找她，给她送衣服送食物，老人每次都又能零零星星地想起一些歌。到2017年玛丽雅·布116岁去世，十几年里，乌日娜陆陆续续从她那里学到了几十首从来没

心若动,行无疆。乌日娜的这几十年,一直未停地翻山越岭,早已经走了很远很远的路

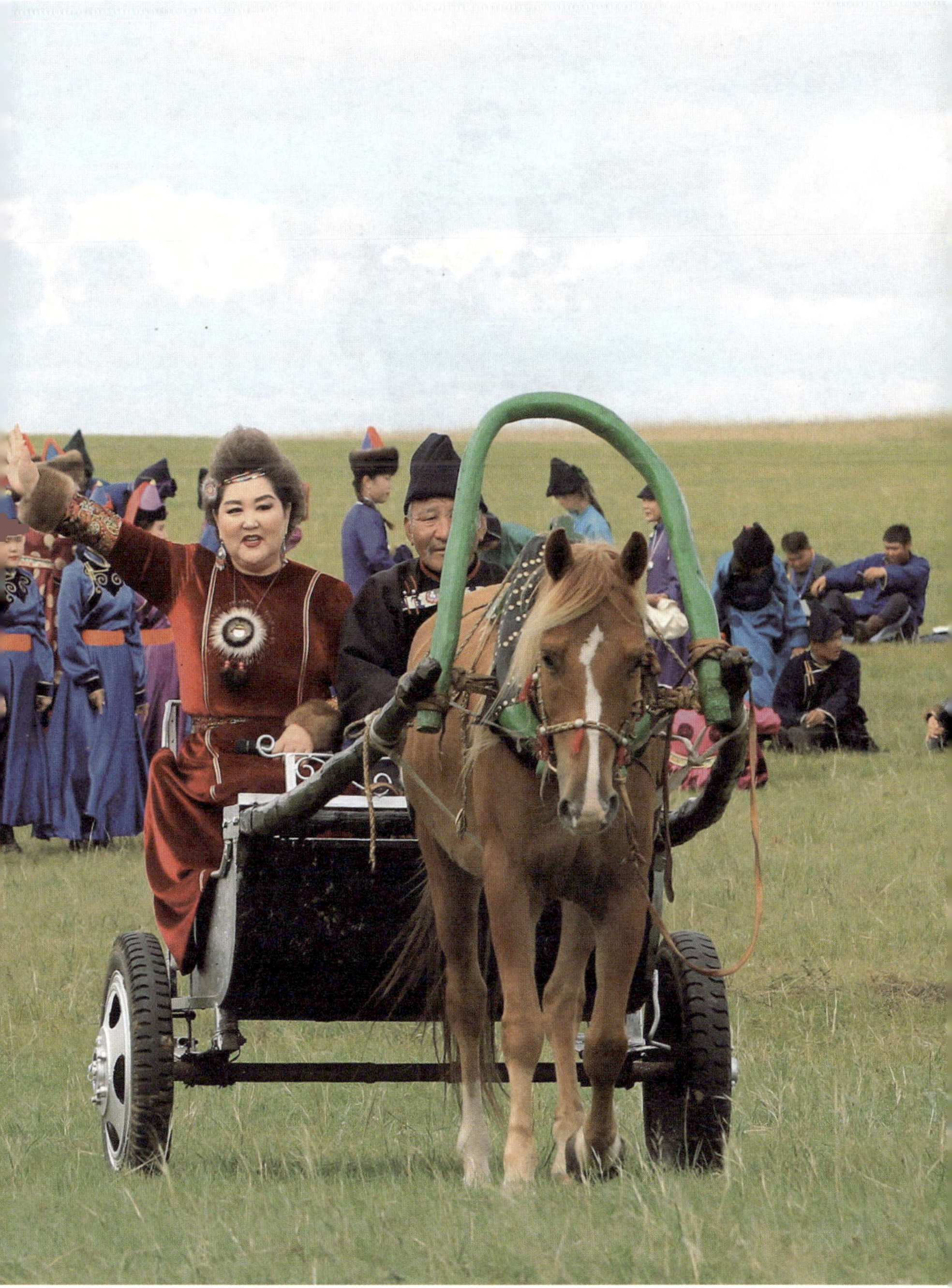

一片云雾随风游——"吉祥三宝"一家的音乐人生

心若动，行无疆。乌日娜的这几十年，一直未停地翻山越岭，早已经走了很远很远的路

有听过的鄂温克民歌。如果她没把这些歌及时学会并记录下来，它们就随玛丽雅·布的离世彻底失传了。

最近这十几年中，乌日娜和布仁巴雅尔把演出、教学之外的几乎所有时间和精力都花在了回呼伦贝尔找人、找歌以及记录、整理这些民歌上，特别是鄂温克、鄂伦春、达斡尔这"三少"民族和部落里的民歌。这些民族人口少，居住分散，有语言没有文字，所有的民歌只能口口传承，而会唱民歌的老人全都在老去。乌日娜只能采取"拼"的做法：时间不够？挤时间，别的事少干甚至不干；没有钱？自己掏腰包往里垫，赔了赚了的，不去算了还不行吗！

第四章 超强大脑——"万能"的吉祥妈妈乌日娜

就这样,草原上的草黄了又绿绿了又黄,兴安岭的春风来了又走走了又来,冰消雪融,春夏秋冬,乌日娜的脚步里陆续地长出了"五彩合唱团"的故事、"敖鲁古雅"的故事、"小鹿艺术团"的故事、"呼伦贝尔·万岁"的故事……

2. 歌者,学者

乌日娜6岁开始唱歌,18岁开始得奖,尤其擅长长调和民歌。她的第一个高级职称——一级歌唱演员——也是因为唱歌而得。作为老师,她登台唱歌的次数逐渐减少,大部分是因为推辞不掉的《吉祥三宝》以及学生们的演唱会与发布会。但她十分重视学术性演唱会。

1983年8月,乌日娜参加全国乌兰牧骑式演出队汇演,第一次到北京演出,第一次获奖

2009年11月20日，乌日娜在中央民族大学举办了一场名为"五彩之声"的演唱会。她把演唱会的主题定为：庆祝中央民族大学音乐学院成立50周年献礼暨乌日娜任教20年成果展示——乌日娜师生演唱会。

演出非常轰动。前来欣赏的人、观摩的人、采访的人非常多，音乐界同行、中央民族大学的师生、粉丝和各界观众，人数远远超过了中央民族大学音乐厅观众席位的负荷，许多人干脆坐在过道里听完全场。

乌日娜演唱了鄂温克族民歌和蒙古族长调。每唱完一首，音乐厅里就响起一阵长时间的掌声，热烈的气氛不亚于歌迷会。已经是国家一级演员的歌唱家其其格玛、莫尔根，以及安达组合、诺恩吉雅组合、萨日娜、高山、王馨、刘恋、刘月琪、泽浪金、罗圣润、乌吉斯、席圣男等多位蒙、侗、苗、藏、满族的学生也悉数登场，力求全面展现乌日娜学术上"是哪个民族的学生就首先要唱好哪个民族民歌"的教学思想和艺术理念。整场演唱会表现出高水准，具有浓郁的地方色彩，呈现出不同民族、不同演唱风格的多样性。

她说："我希望我的学术引起大家的关注，但更希望大家关注我的学生，让他们有更多的机会展示个人才华，还希望大家关注丰富多彩的民歌，让民歌得到发扬和光大。这才是我做这场学术音乐会的初衷。"

2017年9月15日，乌日娜在中国音乐学院国音堂大音乐厅里举办了一场名为"苍茫谣"的个人学术音乐会。在这次音乐会上，她演唱了蒙古族、鄂温克族、鄂伦春族等多个民族的多首标志性经典民歌作品，自己搜集整理出来的原生态型民歌，以及新创作的新民歌风的流行歌曲。一首又一首旋律风格各异、语言形式多样的歌曲，展示出她宽广的学术范围、丰硕的学术成果，以及臻于完美的歌唱

一片云雾随风游——"吉祥三宝"一家的音乐人生

2017年9月，乌日娜在中国音乐学院大音乐厅举办"苍茫谣"个人学术音乐会

实力。其中的歌曲《苍茫谣》由爱人布仁巴雅尔作词、女儿诺尔曼作曲，歌词深沉唯美，旋律悠远苍凉，演唱难度极大，展示出一家人的音乐创作能力和才华。歌曲抒发了对故乡的眷恋和赞美，也验证了民族音乐素材和民族情感对于创作的重要性。大音乐厅里，上千名观众报以一阵又一阵热烈的掌声。

这一年，乌日娜已经54岁了。关于这场音乐会的初衷，她坦言："每个人都有属于自己的故乡，属于自己的和故乡对话的方式，我的故乡是在多姿多彩的呼伦贝尔，我和故乡的对话方式就是唱家乡的歌。我想用自己的歌声、家乡多姿多彩的曲目代表我的家乡和世界对话，希望世界上有更多的人了解我的家乡。我想用音乐向所有热爱这个世界、热爱生活的人们致敬。"

乌日娜著有多本关于民族音乐的学术著作——

《内蒙古少数民族歌曲选集》（22万字）；

乌日娜在琴房里给学生上课　　　　　　　　　乌日娜在家中备课

乌日娜在舞台上给学生上课　　　　　　　　　乌日娜在舞台上和学生们一起演唱

《中国少数民族歌曲选集》(30万字)；

《鄂温克音乐文化》(30万字)；

《鄂温克歌曲全集》(108万字)。

她相信，民族的，就是世界的。越是沉淀的东西越能给这个世界抹上奇异的色彩。

3. 师者，恩者

乌日娜在中央民族大学执教已30余年，教出的声乐专业的本科生、硕士生已达300多名。声乐专业的教学强调个性，讲究因材施教，具体到民族唱法，更是如此：不能让不同的学生用同一种语言唱歌，同一种方法练发声，同一种教材来教学，否则，就会像被砍伐了的森林、被破坏了的草原、被污染了的河流一样，再难修复。

乌日娜是一个非常有经验的声乐教师，她的教学理念是：让每棵树都开出自己的花。首先，要识别出是什么树；其次，要了解这棵树如何开花，然后才动手施肥、浇水；最后才能让这棵树开出花。

她指导学生、著名歌手乌兰图雅唱歌的故事即是如此。

乌兰图雅是出生于科尔沁草原的蒙古族人，考试的时候唱的却是土家族山歌《山里的女人喊太阳》，嗓门大而且声音尖利，既不蒙古族也不土家族。乌日娜了解到，乌兰图雅虽然是蒙古族，但是并不太会说蒙语，也不清楚自己擅长什么风格，只是随大流唱了《喊太阳》。

乌日娜认为，乌兰图雅是舞台上的好苗子，只是需要找到适合的歌曲和演唱风格。她对乌兰图雅说："你虽然唱不了蒙语歌曲，但是你的形象很靓丽，性格很活泼，音色很时尚，你应该唱草原风的时尚歌曲，具体来说，就是旋律和表演风格上欢快一点、流行一点的，边唱边跳的。草原上不是只有长调、传统民歌，也有现代生活和新的时尚。"

乌兰图雅冰雪聪明，老师的话她全都记在了心里，在学习、选歌、表演风格上，处处留心，认真研习。她后来唱的《套马杆》《站在草原望北京》《点赞新时代》等等都符合这个路线，这些歌曲也让她成为"蒙古之花""炫彩草原歌后""广场舞曲女神"，刮起"乌兰

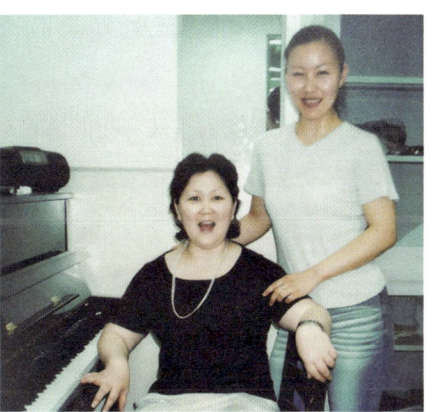

乌日娜与乌兰图雅　　　　　　　　乌日娜与莫尔根

图雅旋风"。对于老师乌日娜给予的定位和风格路线，乌兰图雅由衷地感谢和敬佩："老师真的厉害，让我开出了叫作乌兰图雅的花，要不然我还不知道误打误撞成什么样了呢。"

乌日娜帮助学生莫尔根找到"根"的故事也很有代表性。

莫尔根是出生于内蒙古西部阿拉善的蒙古族人，现在已是非常著名的梵呗音乐家。然而谁能想到，多年前她险些失声。

莫尔根的母亲和四姨是牧民歌手，受她们的影响，她从小喜欢唱歌。长大后，她在餐馆唱歌，小有名气。再后来，她唱进了当地的乌兰牧骑。

渐渐地，她萌生了一个新的目标：走出阿拉善，去北京，登上更大的舞台。她在北京拜了一位老师，老师按照学校的惯例教她美声唱法。她为了学会美声发声方法拼命练习，结果用力过猛，把嗓子练坏了。她心急如火，有病乱投医，脖子上打满了针眼，还戴上了脖套。走投无路的时候，她遇到了德德玛老师。德德玛老师自己身体不好，把她推荐给了乌日娜。

莫尔根按照美声老师教的，唱了："大海啊……故乡！"

乌日娜说："孩子，阿拉善哪儿来的大海啊？你不能这样唱呀！"

乌日娜很快找到了莫尔根的问题：选歌、发声、演唱风格失去了自己的优势，又形不成新的特点。"她需要找回自己，找到自己的根！"

乌日娜挑选了一些适合莫尔根演唱的蒙古族歌曲给她做教材，还提了几个要求：第一，不要再练美声了；第二，回到家乡去，好好跟妈妈学长调；第三，多学一些阿拉善的民歌，和硕特、卫拉特、土尔扈特的歌都要学。一定要做一个有根的歌唱家。莫尔根答应下来，回到阿拉善，潜心向妈妈和四姨学唱歌，慢慢地，她真的找回了自己的声音和信心。

之后，莫尔根回到北京，继续跟着乌日娜上声乐课。乌日娜也尽心帮她规划未来，探索新的演唱道路。乌日娜让莫尔根和娜仁花、陈湘三个形象气质接近的女生组成了一个蒙古族女歌手组合"诺恩吉雅"。《诺恩吉雅》是一首著名的内蒙古民歌，唱的是一个名叫诺恩吉雅的女孩嫁到远方的故事。歌曲不但好听，而且深入人心。这也成了组合的主打歌。

组合一经推出，形象、形式、音色、台风都让人眼前一亮，很快就被内蒙古卫视的春节联欢晚会选中，她们唱的《诺恩吉雅》也受到了很多人的喜欢。几年后，三位成员像歌中唱的一样，陆续成家，去了不同的城市，组合最终解散了。

不过，莫尔根的音乐之树，"根"还在越扎越深，枝叶也越来越茂盛。她推出了许多首非常优美的歌唱家乡阿拉善的歌曲，其中长调歌曲《富饶辽阔的阿拉善》还随着嫦娥一号飞上了太空。她演唱的梵呗歌曲也广受欢迎，传遍了大街小巷。

对于莫尔根来说，乌日娜不光是自己声乐上的导师，也是人生

乌日娜与其其格玛

中的恩师——老师一句"要做有根的歌唱家",适时点醒了她这位梦中人。

乌日娜和其其格玛的师生故事更是令人回味。

其其格玛现在是声乐教授,国家一级演员,但早年间,她却差点成为音乐的弃儿:上不起学,找不到工作。

其其格玛是来自呼伦贝尔的鄂温克族人。报考中央民族大学音乐系时,她给主考老师们的第一印象并不出色:"声音有点单,长相不突出。"乌日娜当时在系里只是个讲师,还没有资格参与招生考试的打分和录取工作,但她为其其格玛据理力争:"她唱得非常好,至于长相,我们鄂温克人就长这样。"

其其格玛最终被录取了。新的问题也随之而来:她没有钱,交不起每年一万元的学费。乌日娜和布仁巴雅尔认为其其格玛是个好苗子,不忍看她失学,决定继续帮助她。但他们当时也没有钱,两人一个月的工资加起来只有一千多，也不够交学费的。最后是布仁巴雅尔找朋友赞助了5000元。还差的5000元，乌日娜找到系里分管学生工作的老师说："从我的工资里按月扣吧，扣到交齐学费为止。"那位老师也是爱惜人才的热心人，说："不用不用，按规定可以特批她缓交。"

但是，缓交也得交，必须想办法把问题真正解决掉。乌日娜想起民族学院有一个刘副校长，20世纪60年代去过鄂温克旗搞社会调研，对鄂温克很有感情。刘副校长跟乌日娜说过，有困难可以去找他。

乌日娜让其其格玛去找刘副校长，说自己来自鄂温克旗，交不起学费，请副校长帮忙特批免掉一年的学费。其其格玛胆小，到了刘副校长门口，不敢进去。乌日娜装作很严肃吓唬她说："那就算了吧，你退学回去吧，也别说啥缓交不缓交了。"

其其格玛最终鼓起勇气迈出了步子。没过多一会儿，她就开心地回来了。刘副校长给系主任打电话核实了情况后，最终免除了她的学费。

解决了学费问题，毕业时，其其格玛又遇到了找工作的难关。乌日娜硬着头皮去找了当年曾帮自己安排工作的内蒙古文化厅的领导，向他推荐其其格玛。对方"不计前嫌"，再次出手相助。

后来，其其格玛的才华得到充分的展露和发挥，她演唱的鄂温克民歌和蒙古民歌蜚声世界，顺利地评上了国家一级演员。现在她是内蒙古艺术学院的声乐教授，和乌日娜一样做着教书育人的工作。

其实，乌日娜和其其格玛没有任何血缘关系，之前也没有任何交往。如此倾力相助，完全是因为她看到了其其格玛的音乐才华，师心、母爱一起爆发，才帮了一道又一道。

而那位刘副校长去鄂温克旗调研已经是30年前的事了，显然他是真的对鄂温克有很深的感情。至于自治区文化厅的那位两次帮助

乌日娜和学生们在一起

协调安排工作的领导，没得说，就是一位爱惜人才的好领导。好人一旦多了，好事就会接连发生。

乌日娜和学生之间的故事，实在是太多了。她的学生各个民族都有，有学习通俗唱法的，有唱原生态的，还有暂时无法分类的实验性的学生。对于这些各不相同的学生，乌日娜的教学理念始终都是因材施教，找到每个人的特点和长处，让每个学生都开出自己的花。

曾经有人问过乌日娜，为什么在当歌唱家和当老师这两者之间

一片云雾随风游——"吉祥三宝"一家的音乐人生

乌日娜

第四章 超强大脑——"万能"的吉祥妈妈乌日娜

选择了当老师。乌日娜说,这与她的父亲有关。父亲对老师这个职业充满赞美,对所有当老师的人都表现出特殊的尊重。他认为老师是世界上最伟大的人。

布仁巴雅尔后来也成为一名老师。他离开国际台后,受聘为呼伦贝尔学院民族艺术研究院院长。

乌日娜一直都认为,当老师,是命运给他们的最好安排,也是他们做出的最好选择。

第五章　吉祥家人

—— 白云一样飘荡的诺尔曼、英格玛、乌达木

吉祥一家五口

红的花，绿的草，

五彩游园的美妙，

金黄的太阳，

碧蓝河滔滔，

陌生人，熟悉人，

全是一家人。

"吉祥三宝"其实有个大家庭。布仁巴雅尔和乌日娜的家里有三个孩子：诺尔曼，是女儿，出生于1991年；英格玛，是侄女，出生于1995年；乌达木，是养子，出生于1999年。

三个孩子都极富音乐天赋。诺尔曼毕业于美国伯克利音乐学院电影音乐专业；英格玛毕业于中央戏剧学院音乐剧表演专业；乌达木在《中国达人秀》上唱着《梦中的额吉》一举成名，目前在加拿大读大学。

诺尔曼曾经作词作曲写过一首歌《蒙根花》，歌词富有故事性和画面感，旋律快乐又活泼，仿若"吉祥之家"的"家歌"——

春的花，夏的草，
菇香四季鼻尖绕，
秋日的肥苗，
冬季的街道，
一起闹，一起笑，
随着风舞蹈。
蒙根花，蒙根花，

带来快乐的地方。

红的花,绿的草,
五彩游园的美妙,
金黄的太阳,
碧蓝河滔滔,
陌生人,熟悉人,
全是一家人。
蒙根花,蒙根花,
带来温暖的地方。

银色花,金色草,
远方如梦的小桥,
小桥上传来动人的歌唱。
谁在歌,谁在唱,
想不想知道?
蒙根花,蒙根花,
把那秘密来揭晓!

1. "了不起的诺尔曼"

诺尔曼吸收了爸爸妈妈的全部优点:长着和妈妈一样柔和白皙的脸庞,有着和爸爸一样深情坚定的目光。更重要的是,她有着惊人的音乐天赋——

她8岁开始写歌;

一片云雾随风游——"吉祥三宝"一家的音乐人生

诺尔曼

16 岁时已创作了近 200 首原创歌曲；

18 岁出版首张个人全唱作专辑《诺尔曼》作为送给自己的成人礼物；

2015 年从美国伯克利音乐学院毕业；

2016 年发行 EP（Extended Play，迷你专辑）《暖颂》；

2018 年发行全唱作新专辑《小诺殿下》，获得 2018 全球华人歌曲排行榜"年度最佳创作新人"奖；

2019 年参加原创音乐人竞技成长秀节目《这！就是原创》，以一首原创的《坦克》开上"猛兽原创榜"，她的海报上"原创 20 年"的标签惊了所有人……

3 岁时，爸爸布仁巴雅尔写给她的生日歌《吉祥三宝》开启了一家人作为"吉祥三宝"的音乐纪年；8 岁时，她写给爸爸的处女作《乌兰巴托的爸爸》则打开了她音乐创作的闸门，一发而不可收——

想你呀，乌兰巴托的爸爸，
想念你就唱你教的歌谣，
爸爸的心像是辽阔草原，
我是羊群像白云。
我的爸爸在乌兰巴托，
我的爸爸心很广阔，
我爸爸拉着马头琴，
我爸爸现在挺好的。

那时候，布仁巴雅尔在蒙古国乌兰巴托做访问学者。诺尔曼非常想念爸爸，于是把这种想念唱了出来，后来在妈妈的帮助下，又录成磁带寄给爸爸。

小时候，爸爸给诺尔曼梳了一个很特别的发型，诺尔曼一直喜欢到现在，她觉得这个发型太酷了

布仁巴雅尔同样非常想家。接到家里寄来的磁带，他特别开心，特地买了酒，约朋友聚在一起，一边喝酒一边听女儿唱歌，以解思乡之情。当女儿的歌声从录音机里传出来时，大家都惊呆了！这已经不像8岁女儿的"想爸爸"了，已然是一首完整的艺术作品了！

"本来只是以为你是想我了，没想到你却用才华吓到了大家。"布仁巴雅尔因此称她是"了不起的诺尔曼"。后来这首歌由英格玛演唱，收录到英格玛的专辑里了。

8岁的小孩会写歌？好多人都不信。有一天，布仁巴雅尔的好朋友、艺术家王艺来家里做客、谈事情，他们不想让诺尔曼在旁边，便随手把王艺新写的一首词递给诺尔曼：拿去，写成歌去吧。这本来是大人对孩子的一种打发，不料没一会儿就传来了钢琴声，整个旋律恢宏大气、苍凉悲怆，与王艺的词《灞桥别柳》非常相配。

第五章 吉祥家人——白云一样飘荡的诺尔曼、英格玛、乌达木

1992年，爸爸带诺尔曼回草原，抱着她骑上马背

一片云雾随风游——"吉祥三宝"一家的音乐人生

诺尔曼3岁时,跟爸爸妈妈去看天安门

英雄此去,大漠无边,

来来来,把酒盏,

千愁一醉出阳关。

西出阳关无故人,

梦里依稀焉呢喃。

三月桃花四月雨,

浣纱声声如丝弦。

青梅煮酒吟诗赋,

谁倚雕栏看客船。

英雄此去,大漠无边,

来来来,把酒盏,

但得征人踏歌还。

王艺是经济学、美学双博士,中国国家画院艺术委员会委员、研究员,他的诗词造诣极高。这样的词,给到一个成年作曲家手里都未必能一气呵成,小小的诺尔曼竟然不到半个小时就写成了。王艺从此对诺尔曼刮目相看,叹为天才,逢人便大加赞赏,并称其为"诺尔曼老师",直到现在。

诺尔曼的确是音乐天才。也许是受到了大人们的赞扬、得到了鼓励,也许是她那流着音乐才华的水龙头打开就关不上了,到了十几岁,她越来越爱写歌,写作量也越来越大,几乎到了写歌就像写日记,看到什么都能写成歌的地步。

她放学回家,看到自己家住的红砖墙的二层楼,就写了一首《红砖色的小二楼》——

曾经有一个红砖色的筒子楼,

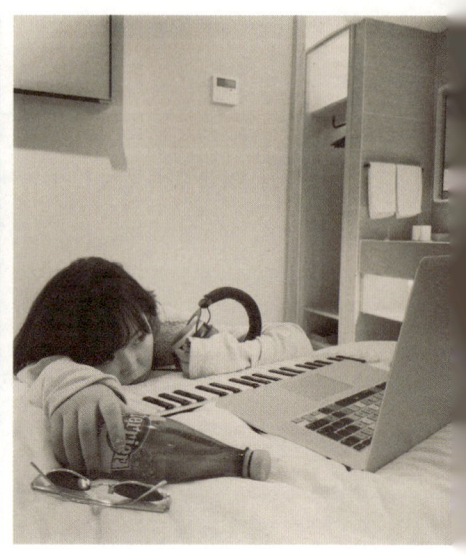

一片云雾随风游——"吉祥三宝"一家的音乐人生

爸爸一有机会就把诺尔曼扶上马背,这是她永远都忘不了的回忆

诺尔曼从小就开始写歌,她写歌就像写日记一样,从来也没觉得难

矮矮的,长长的,
十五号楼面前种着某种花树,
高高的,香香的。
我曾经站在那花雨下旋转着,
傻傻的,痴痴的。
夏风吹散了蒲公英飞到天空,
蓝蓝的,透透的。
啊嘿,童年的红砖色小二楼,
啊嘿,承载着不切实际的梦,
啊嘿,梦中它变成了大高楼,
啊嘿,那里面住着所有我爱的人。

曾经有一个小女孩穿着裙子，
白白的，淘淘的，
她坐在爸爸二八自行车专座，
大大的，帅帅的。
骑着车兜着风追逐着小蜻蜓，
绿绿的，亮亮的。
傍晚第三间窗前飘来妈妈的饭，
香香的，暖暖的。
啊嘿，童年的红砖色小二楼，
啊嘿，承载着不切实际的梦，
啊嘿，梦中它变成了大高楼，
啊嘿，那里面住着所有我爱的人。

爸爸把奶奶接来家里住一段时间，她看着奶奶走路晃晃悠悠的样子，觉得很有趣、很有爱，就写了《奶奶的摇摆颂》——

城市月光，被高楼挡，
星星睡了，不亮。
电话线哪有思念长，
你在家还好吗？
天变凉，你是否，
想我就，缝着衣裳。
你寄过来，我穿上，
是那么暖，那么香。
我小时候，身上也有，

这种羊的味道，

我闻着它，躺在床上，睡着。

你说，你老，眼睛，不好。

你的手依然巧，

你走路摇，

你很爱笑，

没人比你更美。

诺尔曼的词，写得自由自在，毫无约束。诺尔曼的曲，也自由自在，毫无约束。就像她的生活一样，自由自在，无拘无束。

草原上长大的父母，对她实行了草原式的教育和管理：散养。她考了一百分，爸爸妈妈说"好的"；她没考到一百分，爸爸妈妈也说"好的"。她当了班干部了，爸爸妈妈说"好的"；她没当上班干部，爸爸妈妈也说"好的"。她谈了朋友了，爸爸妈妈说"好的"；她和男朋友闹别扭分手了，爸爸妈妈还是说"好的"。以至于后来她在回答媒体采访时说，她是草原的孩子，大城市里的草原孩子。

出完18岁的第一张专辑后，著名乐评人科尔沁夫建议她去美国伯克利音乐学院读大学。诺尔曼一下子就被这个建议吸引住了，下定决心要考上。伯克利音乐学院非常难考，门槛很高。其他考生为了保险起见，一般同时申请好多所学校，而诺尔曼孤注一掷只报了这一所。

考试时，诺尔曼穿着蒙古袍，唱了一首长调。她心里很忐忑，自己没学过乐理，英语也不太好，又是蒙古族，怕自己太特殊。没想到她的出现让校方眼前一亮，他们说伯克利就需要这样不一样的学生，越多元化越好。她被顺利地录取了，成为当年伯克利音乐学院唯一一位来自中国内蒙古的学生。

第五章 吉祥家人——白云一样飘荡的诺尔曼、英格玛、乌达木

诺尔曼唱歌也很好,但她更喜欢的不是做歌手而是做一名制作人

　　5年的留学生涯丰富多彩。她学的是电影音乐配乐,也修了爵士音乐。她担任天音社社长,和同学们一起组建了 Peace of Cake 乐队,多次在美国、英国、日本、比利时、法国、蒙古、卢森堡、中国香港等地演出。她的英语完全过关了,日语也学得差不多了,却又对蒙语产生了巨大兴趣,决意要把蒙语像母语一样熟练掌握好。

　　初中时,诺尔曼曾加入学校的合唱队,但很快发现自己不适合受拘束。大学的电影配乐专业让她再次意识到自己不适合做命题作文。"还是自由自在的创作更适合我。"毕业后,她选择回国做音乐唱作人。

　　接下来的三年,是诺尔曼创作成果的一个集中释放期。少年时期的荒诞文学爱好及自由天性,求学时国际化文化的熏染和流行技巧与跨界元素的杂糅,使她的创作和演唱更加自由、多元、纵横,流行、民族、京剧、爵士、摇滚、民谣、电音等多种风格,她都敢

诺尔曼的演出状态

于尝试、大胆糅合。她连续不断地推出EP《暖颂》、EP《异地恋》，并于2017年末在北京肆零零剧场举办个人音乐会，2018年年初举办"雪洒小诺腊八暖心试听会"。2018年夏至这天，她推出了全原创唱作专辑《小诺殿下》，并在北京举行了一场极具特色的LIVE弹唱会。这期间，她推掉了《中国好歌曲》《中国好声音》等热门综艺节目的邀约。

  2018年年底的时候，她参加了国内首档创作音乐人养成综艺节目《这！就是原创》。节目倡导"如猛兽，勇敢、粗粝、鲜活、真诚"的原创精神，这些字眼像一串串高速子弹，正正地击中了诺尔曼的兴奋点，金花四溅。"终于有人开始组这样的局啦！"诺尔曼毫不迟疑地开着最新原创的作品《坦克》压了过去，并直接开上了"猛兽原创榜"。

像一个硬邦邦的坦克，
炮轰所有挡路的过客。
谁知道坦克中的小人，
是多么的无能和脆弱。
像一个牛哄哄的坦克，
碾压所有多余的劝说。
谁知道坦克中的小人，
是多么的无能和脆弱。
炮弹一发一发穿过时空，
射向大海中泛起浪花一朵。
那是一朵大海的嘲笑，
嘲笑我是个虚张声势的坦克。
炮弹一发一发穿过花丛，

灼伤了原野上的一抹春色。
那是为我绽放的怜爱,
怜爱我是个表里不一的坦克。

像一个傻乎乎的坦克,
恐吓所有弱小的人格。
谁知道坦克中的小人,
是多么的无能和脆弱。
像一个硬邦邦的坦克,
炮轰所有挡路的过客。
谁知道坦克中的小人,
是多么的无能和脆弱。
炮弹一发一发穿过时空,
射向大海中泛起浪花一朵。
那是一朵大海的嘲笑,
嘲笑我是个虚张声势的坦克。
炮弹一发一发穿过花丛,
灼伤了原野上的一抹春色。
那是为我绽放的怜爱,
怜爱我是个表里不一的坦克。

"原创 20 年",诺尔曼早已不是最初那个在《吉祥三宝》里问"星星出来太阳去哪里啦"的 3 岁小孩了,也不是那个写"想你呀,乌兰巴托的爸爸"的 8 岁小天才了。她既是歌词中的那个"硬邦邦的坦克",也是有一点脆弱的那个"坦克里的小人"。总有一天,她的音乐"炮弹"会一排一排发射。她是"了不起的诺尔曼"!

第五章 吉祥家人——白云一样飘荡的诺尔曼、英格玛、乌达木

诺尔曼的演出状态

一片云雾随风游——"吉祥三宝"一家的音乐人生

诺尔曼的日常生活点滴：喜欢有趣的欢聚

第五章 吉祥家人——白云一样飘荡的诺尔曼、英格玛、乌达木

诺尔曼的日常生活点滴：喜欢有情绪的光；喜欢有惊喜的遇见

诺尔曼的日常生活点滴：喜欢捕捉奇特的声音

2018年，她的生活拐了一个大弯。本来她已经在日本东京租了房子，准备考一所日本的大学继续学习音乐，父亲的突然离世迫使她中断学习计划，赶回呼伦贝尔。处理完爸爸的后事，她选择留在国内陪着妈妈。

在爸爸离去后的第49天，她写了一首歌《野马的睫毛》，抒发对爸爸的思念以及对生命的思考——

全世界都陷入了悲伤，

诺尔曼的日常生活点滴：喜欢和爸爸妈妈在一起

我却从未见过这么美的月亮。
他骑着风马飞向远方,
天空可能想听他歌唱。
……
于是天空就亲吻地面,
浸湿了草原和野马的睫毛。
我会像您一样,
为世界散播吉祥。

整个 2019 年的大部分时光,她都陪伴在母亲的身旁,同时插空复习,不让自己中断继续上学的梦想。2020 年,她考入了上海音乐学院,攻读音乐硕士学位。

生活跟草原上的河流一样,可以拐弯,但不能不向前流淌。

2. 歌声中的英格玛

英格玛是一个可爱、善良的女孩,非常爱笑,运气也一直非常好。

2006 年,《吉祥三宝》红遍全国后,她作为"歌中的女儿"成了"吉祥三宝"家的人,跟着"爸爸""妈妈"去国内外演出、领奖,有姐姐为她写歌,还出了自己的专辑。

英格玛是鄂温克族人,出生于呼伦贝尔鄂温克自治旗。和大多数鄂温克孩子一样,她从小就爱唱歌、会唱歌。英格玛的爸爸是乌日娜的弟弟,她叫乌日娜姑姑,叫布仁巴雅尔姑父,她从小就知道姑姑和姑父是草原走出去的歌唱家,是亲戚们都引以为骄傲的在北

第五章 吉祥家人——白云一样飘荡的诺尔曼、英格玛、乌达木

英格玛和布仁巴雅尔、乌日娜

京的名人。

《天边》专辑录制《吉祥三宝》时，诺尔曼已经上初中，成为婷婷玉立的少女了，制作团队只好远赴呼伦贝尔寻找小诺尔曼的替代者。出发时，布仁巴雅尔和乌日娜并没有做任何推荐，更没提到英格玛。一方面他们觉得反正都是呼伦贝尔的孩子，选中谁都是好事，另一方面他们相信制作团队的眼光。结果制作团队发来了一张照片，让他们喜笑颜开：还是选到自己家去了，这不是小英格玛吗，行呗。

小英格玛的声音完全是天然的，她从来没见过录音棚，录音时也没有压力：不就是和姑姑、姑父一起唱歌嘛，歌又不难，开开心心地唱就行了。结果，录音非常顺利，小英格玛唱得纯真、悦耳，和

一片云雾随风游——"吉祥三宝"一家的音乐人生

2000年,英格玛和诺尔曼在草原上。姐妹俩从小就感情非常好,一有机会就玩耍在一起

第五章 吉祥家人——白云一样飘荡的诺尔曼、英格玛、乌达木

一片云雾随风游——"吉祥三宝"一家的音乐人生

抱着小鹿的英格玛

英格玛和姐姐诺尔曼。她唱的很多歌都是姐姐写的

122

姑姑姑父的一问一答就像女儿和真正的爸爸妈妈在一起一样，充满乐趣，浑然天成。录制一次成功。

《吉祥三宝》红了之后，演出邀约很多。布仁巴雅尔和乌日娜商量，小英格玛总是从呼伦贝尔出来回去的太耽误时间，也影响学习，便把小英格玛转学到北京舞蹈学院附中。舞蹈学院和民族学院几乎是墙挨着墙，离得非常近，小英格玛上学放学非常方便。小英格玛也由此正式"入驻""吉祥三宝"家，开始了长时间的"一家人"的生活。

那个时候，正是诺尔曼对唱歌越来越没有兴趣、创作热情却日益高涨的阶段，她写的很多歌基本上都交给英格玛唱了。因此，英格玛早早地就出了自己的歌曲专辑《乌兰巴托的爸爸》《春天来了》，以及《草原童年的歌谣》。

随着"吉祥三宝"长时间的走红和新作品的不断出炉，小英格玛越来越成了众人眼里的小明星。当时的热播剧《闯关东》剧组就

英格玛和布仁巴雅尔、乌日娜在敖鲁古雅森林里

英格玛和布仁巴雅尔、乌日娜一起拍宣传照

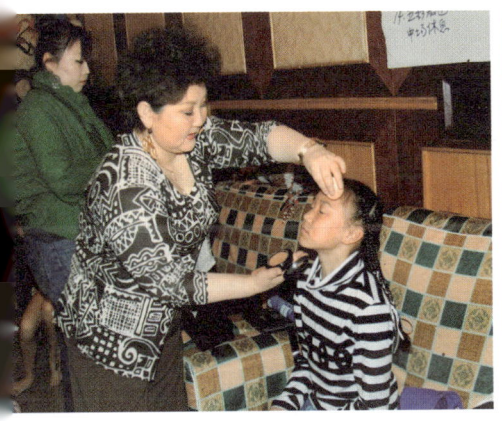

第五章 吉祥家人——白云一样飘荡的诺尔曼、英格玛、乌达木

乌日娜在演出前给英格玛化妆　　英格玛和布仁巴雅尔、乌日娜一起演出

英格玛和布仁巴雅尔、乌日娜一起演出　　英格玛和布仁巴雅尔、乌日娜的宣传照

慕名找来，邀请她出演了剧中少年日托雅。

布仁巴雅尔欣慰地感叹，"英格玛比我们两个还受欢迎呢"。一次在北京大学的演出，按照节目单的安排顺序，布仁巴雅尔先唱自己的歌，然后英格玛、乌日娜出场，三个人一起唱《吉祥三宝》。布仁巴雅尔唱完，台下观众鼓掌，当英格玛出来的时候，全场爆发出更热烈的掌声。

一片云雾随风游——"吉祥三宝"一家的音乐人生

  2009年6月1日,英格玛还应邀作为鄂温克族儿童的代表参加北京市中关村第三小学"欢聚北京、祝福祖国、共庆六一"活动,并走进中南海,受到时任国务院总理温家宝的接见。她和其他小伙伴一起随温家宝总理参观了周恩来总理生前办公和居住的地方。最

英格玛

后温家宝总理赠送给她一本亲笔签名的《现代汉语词典》和一套中国古典文学四大名著。英格玛双手接过礼物，向温总理表示，自己一定会用功学习，勤练专业，成为可用之材。

对于小英格玛来说，成名来得太快了。布仁巴雅尔和乌日娜时时提醒她，要保持好心态，以学习为重。他们也很注重给英格玛做减法，比如，在后来的五彩合唱团的演出里，他们特地不让她担任领唱，强化她"和大家一样"的意识。

英格玛理解他们的用心，也很听话，把学习放在首位。在校时她认真学习，演出时也跟着家教积极补课。2014年高考时，她顺利考上了自己最理想的学校——中央戏剧学院音乐剧表演专业。

对于英格玛最终安全地度过"早期成名风险期"，诺尔曼在她们都已大学毕业后曾对媒体坦言："这么多年来，英格玛实际上承受了更多的压力。她从小成名，边上学边演出，有追捧，也有被冒犯。"

英格玛中戏毕业大戏《为你疯狂》剧照

的确，当诺尔曼仍然在大街上骑着车、唱着歌，没人认识、自由自在的时候，英格玛经常会被粉丝推来喊去，有些不懂得尊重人的人还会用力拽她。诺尔曼说，"小英那时也许不知道那些叫压力，但她有时会跟我说，姐姐我害怕那些大人"。

上了大学，生活翻开新的篇章，英格玛开始接受中央戏剧学院严格的专业训练，同时开启自己艺术道路上对舞台剧和影视剧的新探索——

2016年她主演了电影《乌兰巴托不眠夜》；

2018年主演了毕业大戏、百老汇经典音乐剧《为你疯狂》。

毕业典礼那一天，英格玛特地给布仁巴雅尔的朋友圈留言："亲爱的阿米汗，谢谢你的关心！我已经长大了！"

3. 梦中的乌达木

在三姐弟中，乌达木是唯一的男孩，也是生活经历最曲折复杂、成长过程中磨难最多的那一个。

1999年9月9日，乌达木出生在呼伦贝尔市新巴尔虎左旗新宝力格苏木团结嘎查（嘎查，蒙语，村的意思）。6岁多的时候，乌达木考入刚刚开始组建的五彩合唱团，是合唱团里最小的孩子。他文静、胆小、乖巧，很惹人喜欢。

但也就是从那时起，命运开始了对他的反复磨砺：先是相继失去父母成为"孤儿"；后是参加达人秀一举成名却被炒出"假唱"风波；初中后赴加拿大留学早早体会异国求生的艰难；好不容易考上大学了，养父布仁巴雅尔和奶奶又相继离世……

哪有什么天生的"草原小王子"，风雨中长大的呀。

第五章 吉祥家人——白云一样飘荡的诺尔曼、英格玛、乌达木

乌达木

刚刚考入五彩合唱团时的乌达木　　参加《中国达人秀》时的乌达木

    2007年，五彩合唱团成立后没多久，乌达木的母亲在看完他们的一场演出后回家的路上，遇到车祸受重伤，一年多以后去世了。又过了一年多，他的父亲因为另一场车祸也受了重伤，不久后也去世了。接连失去至亲的乌达木陷入持久的悲伤之中。

    后来，有一个上电视演唱的机会，乌日娜推荐了乌达木。当时，电视台要录一台儿童节目，看中五彩合唱团唱的《梦中的额吉》。电视台编导找到乌日娜，让她推荐个孩子上节目唱这首歌。一开始，乌日娜推荐的是合唱团中最早唱这首歌的巴特尔道尔吉，可电视台编导见到他后觉得年龄有点大了，于是乌日娜又推荐了小一点儿的乌达木。乌日娜想借机锻炼一下乌达木，也是为了帮助他调整心情走出阴霾。

    乌达木没有辜负乌日娜的期望。他把歌曲唱得和巴特尔道尔吉一样好,节目录制非常顺利。节目播出后,反响也很好。后来陆续有综艺、选秀节目找到乌日娜邀约乌达木,乌日娜都拒绝了。她觉得乌达木还太小,不适合这类节目。

那时候综艺和选秀节目的拼杀已呈现出白热化的趋势,节目组会用尽各种方法挖到他们想要的选手。终于,在一次乌日娜和布仁巴雅尔出国演出的间隙里,节目组"抢人"成功,乌达木被推上了当时最红的选秀节目《中国达人秀》。后来还引发了一场所谓的"假唱风波"。

2011年5月23日,乌达木第一次站到达人秀的舞台上,还是演唱那首最爱的《梦中的额吉》。

评委问:"额吉是什么意思?"

他说:"额吉就是妈妈的意思。"

"那,妈妈在哪里?"

"妈妈……在天堂。"

"爸爸呢?"

"爸爸也去世了。"

……

当他回答这些问题的时候,神情是怯生生的,眼神明亮却闪动着无法言说的悲伤。所有人的内心都被撞击了一下,大家都不愿相信,这样一个天使般可爱的孩子,过早经历了人世间的不幸与悲伤。

他唱的是蒙语,电视屏幕上打出歌词大意——

用圣洁的花露当茶让您先享,
在您的眼神中我找到了安详。
您的儿子从梦中惊醒,快来吧额吉,
您的儿子从梦中惊醒,快来吧额吉。

乘着梦中的银鸟我飞翔在天边，
梦见您来到了瑞兆的幸福。
您的儿子这就来，等着吧额吉，
您的儿子这就来，等着吧额吉。

评委和观众虽然听不懂蒙语，但能感受到这天籁般的声音流淌出的深深的思念和忧伤。很多人都是含着泪听的。歌曲唱完，评委让乌达木跟天上的妈妈说一句话。他沉默了一会儿，怯怯地说了一句："妈妈，我好想你。"乌达木成功晋级。

节目播出之后，随之而来的是一场激烈的网络口水战：有人爆料他是"假唱"。乌达木不明白什么是"假唱"，他明明唱了，现场的评委和观众都听到了。

乌日娜和布仁巴雅尔从国外演出回国刚下飞机，就看到了媒体上的这些消息，他们的心立马揪了起来。怕乌达木承受不住，他们直奔节目组驻地。见到满肚子委屈躲在房间里哭的乌达木，布仁巴雅尔赶紧把他抱进怀里，心疼地说："孩子，你是真唱，你唱得很好。"

乌达木没有接话。

布仁巴雅尔爱怜地说："孩子，我们来想一件事情：接下来的比赛，你如果愿意参加，我们就给你准备演出服装，如果你不愿意参加，我们就带着你回呼伦贝尔。"

乌达木低着头考虑了很久。过了一阵儿，他抬起头看着布仁巴雅尔说："妈妈说过，我唱得好听，我还要继续唱。"

"好，我的孩子，你是真正的男子汉。"布仁巴雅尔非常满意乌达木的回答。

乌达木参加了达人秀第二场比赛。这一次，他又顺利晋级了。

两次晋级后，乌达木直通总决赛。

此时，"假唱"风波也终于水落石出：节目组在后期制作时对现场录音质量不满意，重新给他"贴"了一版声音。在现场的比赛中，乌达木没有假唱。

布仁巴雅尔顺势鼓励乌达木在决赛的时候仍然唱这首歌："唱给天堂的阿爸和额吉，告诉他们你是坚强的男子汉。"

2011年7月10日，上海体育馆，《中国达人秀》年度盛典。布仁巴雅尔和乌日娜都来了，五彩合唱团的孩子们也来了。巴特尔道尔吉也来了，他是来为乌达木拉马头琴伴奏的。

经历了"假唱"风波的乌达木这次的表演更加成熟。他闭上眼睛深情地唱着，悠扬的歌声里除了对父母的思念，更多了一份坚强和勇敢。他不知道，此刻在他身后的大屏幕上，正上演着他的美丽梦想——一滴墨水缓缓滴落，瞬间晕染了四周，整个世界变成了绿色的草地。这是他之前跟导演组的大哥哥大姐姐们讲过的：希望有一种墨水，能把整个世界染得像草原一样绿。

乌达木最终拿下了2011年度中国达人秀"天使的微笑"奖。

也正是经历了这个事件，乌日娜和布仁巴雅尔决定要给乌达木一个真正的家。他们知道，风雨还会再来，小小的乌达木无法独自承受，除了他们，没有人能给予乌达木更为悉心的保护。他们征求了乌达木的意见，乌达木也愿意。其实在乌达木的心中，布仁巴雅尔和乌日娜早已成为他最可依靠的"父母"。

之后，乌达木随布仁巴雅尔的专辑《带我去草原吧》发行了自己的专辑《梦中的额吉》，并和布仁巴雅尔一同举行了新闻发布会，一起参加演出。

布仁巴雅尔还为《梦中的额吉》重新填写了汉语歌词：

一片云雾随风游——"吉祥三宝"一家的音乐人生

乌达木在录音棚

乌达木演出剧照

美丽的花朵不要摘下它,

它不想离开大地的怀抱。

亲爱的妈妈你牵着我的手,

轻轻地讲述她的心愿。

你在远方我的母亲,

梦中却总在牵着我的手。

风沙弥漫遮住了双眼,

我总想听见妈妈的呼唤。

你在哪里我的妈妈,

好想让你轻轻地吻我。

你在远方我的母亲,

梦中的你在亲吻着我的脸。

你要我勇敢像云中的雄鹰,

你让我坚强像风中的花朵,

当我昂起头大步向前走,

我知道你会永远陪伴着我。

你在远方我的母亲,

梦中的你在紧紧地拥抱着我,

你在远方我的母亲,

梦中的你在紧紧地拥抱着我。

雨过天晴,大树成荫。一时间,找乌达木演出和拍电影的邀约纷至沓来。

像之前教育诺尔曼和英格玛一样,布仁巴雅尔告诉乌达木:"不要把自己当成小明星,我们只是一家人在一起唱了些歌,这些歌还

2015年，乌达木赴加拿大留学前，和布仁巴雅尔、乌日娜、诺尔曼在首都机场合影留念

有人喜欢，就是这么回事儿。"

乌达木听了布仁巴雅尔和乌日娜的建议，没接那么多演出，而是回到呼伦贝尔，上了新巴尔虎左旗的一所重点中学，继续把蒙语学好。

2015年，经过布仁巴雅尔、乌日娜和一些加拿大华人朋友的努力操办，乌达木远赴加拿大温哥华，开始了7年的中学加大学的异国求学时光。温哥华的加籍华人美蓉阿姨成了他的监护人。

留学开始，乌达木几乎以一个月一个样的速度发生着改变——

变声了；

个子长高了；

英语变好了；

开始自己写词谱曲创作了；

开始用马头琴和印第安人排箫大师等国际艺术家合作了;

开始健身练肌肉塑形了……

2017年和2018年,是乌达木人生中很重要的两个年份。

2017年,他年满18岁。对于一个男人来说,这是一个重要的里程碑,他特地回国过这个生日。先是回了呼伦贝尔,跨上马背在大草原上奔驰,用这种方式表达他对这片土地和亲人的感恩与报答。骏马奔驰,风在耳边吹过,那里面有童年的歌声,有阿爸、额吉的叮咛。

再回到北京,参加生日聚会。布仁巴雅尔和乌日娜邀集了众多好友,在东四环朝阳公园内的"蒙古大营",为他举行了一次全家人

乌达木和布仁巴雅尔在草原。两人以男人一样的方式,并肩坐在一起,那个怯生生唱《梦中的额吉》的小男孩,长大了

一片云雾随风游——"吉祥三宝"一家的音乐人生

乌达木回到魂牵梦绕的草原,和布仁巴雅尔、乌日娜合影留念

第五章 吉祥家人——白云一样飘荡的诺尔曼、英格玛、乌达木

2017年初秋，乌达木趁假期从加拿大回国，布仁巴雅尔和乌日娜给他过了非常有纪念意义的18岁生日

乌达木和诺尔曼一起演唱歌曲《你的名字，中国》，这是姐姐诺尔曼特地为他创作的歌曲

大团圆的生日聚会。面对着大大的蛋糕，悠长的马头琴，久别的亲人，乌达木再次唱起了《梦中的额吉》。

这一次，不是在舞台上，没有绚丽的灯光，没有专业的音响，只有纯粹的声音和流淌的恩情。他一边唱着一边拥抱乌日娜，所有人眼里都泛着泪花：那个失去了母亲和父亲的孩子，长大了。

那几天，网络上至少有 100 万人为他送上祝福。乌达木有一大批 00 后粉丝和妈妈粉。在 00 后粉丝眼里，乌达木是有故事的人、勇敢的哥哥；在妈妈级粉丝眼里，乌达木是有未来、令人牵挂的孩子。他们都管他叫木木、小九。

生日聚会的最后，姐姐诺尔曼和他一起唱了一首新歌，《你的名字，中国》。这是诺尔曼新创作的歌曲，也是她送给弟弟的成人礼物。

这是乌达木第一次拥有一首属于自己的歌——

在他乡流浪,

你的名字是思念的远方。

在前进的路上,

你的名字是拼搏的方向。

在迷失的海洋,

你的名字是灯塔的光亮。

我种的梦想,

你的名字就是那太阳。

这名中的点点星光,

是黑夜中无数温暖的希望,

让我秉持着信仰。

这名中承载的重量,

就让我用我的骄傲来填满,

呼唤你的名字。

中国,我的中国,

你的名字使我的奋斗充满力量。

中国,我的中国,

你的名字是生命的绽放。

中国,我的中国,

你的名字触动我最温暖的地方。

中国,我的中国,

你的名字是生命的绽放。

中国,我的中国,

你的名字就是那太阳。

过完生日,回到加拿大,乌达木在温哥华举行了他第一次个人演唱会。他演唱了布仁巴雅尔唱过的歌曲《天边》和《呼伦贝尔大草原》，演唱了自己唱过的歌曲《梦中的额吉》，也演唱了姐姐为他写的《你的名字，中国》。这次演唱会非常成功。人们都说，乌达木唱歌，已经有了和布仁巴雅尔一样的音色和神情。

2018年，发生的事情更多。

6月，是他的中学毕业典礼，他特地发视频向大家告知自己的动态：经过两年多在加拿大的学习，我已经中学毕业；非常感谢所有帮助过我的人——老师、朋友、家人们，没有他们，我不会有这么好的今天。

毕业典礼那一天，布仁巴雅尔、乌日娜、诺尔曼悉数到场，四个人合力做了一段很罕见的现场直播——

布仁巴雅尔说："高中毕业，非常成功。希望大学能读得更好。"

乌日娜说："非常非常开心，看到他从校长手里拿到毕业证那一刻，特别特别感动。我们一家永远支持你。"

诺尔曼说："乌达木现在太乖了，应该在这个黄金年龄里再叛逆一点，再自由一点，多交交女朋友。"

中学毕业典礼之后，一家四口专门去了他即将踏入的大学校园转了转。学校很美，还没开学，人很少，他们四个人做出各种表情拍了好多照片做纪念。一家人还从来没这么开心地一起玩自拍。

这期间，发生了一件对他们来说非常重要的事情：乌达木改口叫布仁巴雅尔"阿爸"了。乌达木很早就叫乌日娜"阿妈"了，但一直称布仁巴雅尔为"老师"。这一声阿爸，布仁巴雅尔等了很多年。为你遮风挡雨，为你披荆斩棘，扶你跨上马背，护你飘洋过海，这些年的一切，是最真挚的感情浇灌，是发自内心地爱你。这一声阿爸，是对布仁巴雅尔和乌日娜养育之恩最笃定的感恩与回报。一家人再一次紧紧地拥抱在一起，每个人都泪流满面。

第五章 吉祥家人——白云一样飘荡的诺尔曼、英格玛、乌达木

2018 年，乌达木高中毕业，布仁巴雅尔、乌日娜、诺尔曼去加拿大参加他的毕业典礼时合影留念

然而，幸福是那么短暂。3 个月后，布仁巴雅尔离开了最爱的亲人们。乌达木悲伤不已，连夜从加拿大回国参加阿爸的葬礼。他以儿子的身份致了悼词：

我是布仁巴雅尔的儿子，乌达木。能够来到这个家庭，作为爸爸的儿子，我感到非常的幸运。小时候，我父亲母亲相继去了天堂，但是他们留下了祝福，把我领到了这个吉祥的一家，让我在不孤独的情况下，独立地成长。爸爸从最一开始，就陪伴着我，把我父爱

一片云雾随风游——"吉祥三宝"一家的音乐人生

乌达木

的空缺满满地补上了。他一直是我最尊敬最爱戴的人。我对爸爸的情感，爸爸对我的情感，已经进入到了我的血液里，和歌声里。我以后会像爸爸一样，好好保护妈妈和姐姐们。我们会带着对爸爸的思念，完成他没有做完的事，怀着对世界的感恩之心，撑起这片爸爸用双手撑起来的天空。

他也再一次讲到了心中的那个梦想，渴望着有一种墨水，把世界染绿——

我曾经说过，我希望发明一滴墨水，在地上一滴，全世界就会变成绿草。

我一直希望为我的草原，为保护大自然，能做一些什么。这些环保意识，也深深地受到了爸爸的影响。

第六章　我的生命我的草原
——"吉祥三宝"一家人献给家乡的爱

布仁巴雅尔带着五彩合唱团的孩子们和家乡父老一起拍摄歌曲《额呼兰·德呼兰》MV

草原上的草黄了又绿绿了又黄，兴安岭的春风来了又走走了又来，冰消雪融，春夏秋冬，他们的脚步里陆续地长出了"五彩合唱团"的故事、"敖鲁古雅"的故事、"小鹿艺术团"的故事……

布仁巴雅尔在第四张个人专辑《我的生命我的草原》里,推出了一首同名主打歌,由著名乐评人科尔沁夫作词作曲。歌曲抒发出了布仁巴雅尔对于草原家乡的眷恋与感恩——

如果我是一棵平凡的小草,
我愿生长在梦中的草原。
在寒冬默默忍耐,
在春天静静发芽,
直到盛夏染绿天边。

如果我是一支无名的花朵,
我愿绽放在最美的草原。
要滋润清凉的露水,
享受温暖的阳光,
风再猛烈,也摇拽成一片花海。

我的生命我的草原,
承载我渺小又博大的爱。

我的生命我的草原，
让你永远生机勃发，
是我最大的心愿。
我的生命我的草原，
你是我平凡又神圣的爱。
我的生命我的草原，
让你永远美丽自然，
我们共同的心愿。
我的生命我的草原，
我的生命我的爱。

"吉祥三宝"取得成功之后，布仁巴雅尔和乌日娜紧接着做的一件最重要的事情，就是回到草原上创建"五彩合唱团"。这也是他们在"吉祥三宝"巅峰时期做的最及时、最正确的事情之一。

布仁巴雅尔和乌日娜都是故乡情结非常重的人，在北京扎下根以后，他们一直考虑着如何为家乡做些事情。2006年，在老知青朋友李三友等人的帮助与斡旋下，"吉祥三宝"受凤凰卫视邀请赴香港演出。这次香港之行以及与时任凤凰卫视中文台台长王纪言的相识，犹如一道思想的闪电，让布仁巴雅尔和乌日娜眼前一亮。

王纪言是位资深传媒人。他出生于乌兰浩特，6岁之前在海拉尔成长，对呼伦贝尔草原有着很深的感情。布仁巴雅尔和王纪言一连聊了好多天，终于在"五彩合唱团"这个创意上达成一致，找到了他们开启梦回草原大门的金钥匙。

1. 五彩合唱团

呼伦贝尔的草原上和森林里有很多个已有数百年居住历史的部族，在这些部族里藏着许多源远流长的民歌。不过，随着传统文化的边缘化，民歌面临着失传的危险。

在布仁巴雅尔和乌日娜看来，《吉祥三宝》这样一首"小歌"都能引起这么大的反响，那草原上、森林里流传千年、博大精深的音乐一定能受到人们更多的喜爱。只是人们还没有听到而已。

乌日娜想以《云南映象》为范本创作一台"草原部落"歌舞演出。她的思考是：草原散落着丰富多彩的文化元素，比如布里亚特的服装，巴尔虎和乌珠穆沁的长调，土尔扈特的萨乌尔登舞蹈，科尔沁的说书调好来宝和乌力格尔，以及鄂尔多斯的歌舞等等。每个部落都有自己的传统文化，每种文化又都有着自己的特色。要是能把这些不同地区不同部落不同特色的文化艺术汇集起来，创作成一台大型歌舞演出就好了。但是，这个工程太浩大了，需要一两千万的资金。他们没有这么大的财力。

王纪言说，"你们看一下电影《放牛班的春天》吧，看看能不能从中找到点灵感"。看过电影，布仁巴雅尔和乌日娜非常受启发：这不就是他们想要做的事情吗，他们可以像电影里的声乐老师一样，带着孩子们一起唱歌！于是他们决定把草原上的孩子们组织起来，组成一个原生态的草原儿童合唱团。

关于合唱团的名字，乌日娜提议叫"五彩"，因为呼伦贝尔不仅有鄂温克、鄂伦春、达斡尔这三个人口最少的少数民族，还有巴尔虎和布里亚特这两个各有特色的蒙古族部落，加起来一共是五个最具代表性的族群。这五个族群汇聚在一起所形成的文化和艺术的特色最能代表呼伦贝尔的文化特色和艺术风貌。在全国范围内来说，这样的构成也是独一无二的。

除了"五彩",还需要让人知道这个合唱团是哪里的干什么的。最后,名字被确定为:五彩呼伦贝尔儿童合唱团。

合唱团说干就干起来了。王纪言负责筹集资金,乌日娜和布仁巴雅尔负责合唱团的组建和艺术创作。具体来说,布仁巴雅尔担任五彩合唱团的团长,乌日娜担任艺术总监。后来王纪言还特地在北京注册了一个五彩传说(北京)文化艺术有限公司,把自己的女儿小喆配备上,负责整个项目的运营和管理。

2006年秋天,布仁巴雅尔和乌日娜回到呼伦贝尔,开始"五彩合唱团"招生事宜。那个时候,"吉祥三宝"的名气已经传遍了整个呼伦贝尔,人们听说是他俩回来挑孩子,纷纷把孩子送过来。

布里亚特男孩达西道尔吉唱着布里亚特的儿歌《幺呼尔》来了;

巴尔虎蒙古族的杜贵玛唱着呼伦贝尔的长调来了;

巴特尔道尔吉唱着《梦中的额吉》来了;

乌达木唱着《小白兔》来了;

鄂伦春小姑娘孟安蕊说着鄂伦春语的绕口令来了;

会摔跤的小胖子奥成也来了;

……

很快,他俩从300多个孩子里面挑了40个。这40个孩子,年龄最大的13岁,最小的才5岁多,个顶个都会唱本民族的歌曲,个顶个都具有非常鲜明的民族性格和特点。

他们一边面试,一边记录着孩子们的特点和演唱的歌名。很快,不光把40个人招齐了,还从1000多首民歌里把40多首要排演的歌曲也选出来了。

还需要解决服装问题。一个有"五彩"特色的合唱团,一台富有浓郁民族特色的演出,一定要有有特色的民族服装。乌日娜一边

一片云雾随风游——"吉祥三宝"一家的音乐人生

2007年8月,五彩合唱团参加内蒙古自治区成立60周年庆祝演出后合影留念

第六章 我的生命我的草原——"吉祥三宝"一家人献给家乡的爱

从蒙古国请来白萨老师进行服装设计,一边想出了一个更有效的"土"办法——"各家妈妈管各家孩子的服装":让每个孩子的妈妈根据自己民族和部落的传统,给自己家孩子做一套最漂亮的服装。她解释说,这个"最漂亮"的意思包含两个方面:一是,要用最好的材料,无论皮子的还是花布的,都得是最真的、最好的材料,不能凑合;二是,一定要最符合本部族传统,最能突出本部族特色,标准就是要跟爷爷奶奶的衣服一样。

这真是一个好主意。因为每个民族、每个部落最传统、最漂亮的服装是什么样,只有孩子们的妈妈或者妈妈的妈妈们最知道。

这个主意,不但顺利地解决了孩子们的服装问题,客观上还对传统民族服装服饰的传承和再次流行起到了很好的推动作用。那个时候,应该说正是草原上传统民族服装服饰最面临危机的一个时期,很多人都开始穿牛仔裤、夹克、西服了,很多妈妈已经不亲手做自己的民族服装了。合唱团的服装要求迫使妈妈们又捡起了做衣服的老手艺。还有好多孩子的衣服是奶奶做的。据说有的奶奶做着做着就哭了,他们本以为孩子们再也不会穿这种老辈儿的衣服了。

当孩子们穿着本民族的服装集合在一起时,乌日娜和布仁巴雅尔笑开了花:太漂亮了,孩子们的服装各具特色、丰富多彩,聚在一起华丽丽的。

而孩子们自己也非常兴奋,原来民族服装这么有特点,这么漂亮,以前怎么没发现呢?大家互相好奇、互相喜欢,全都高兴得不得了,排练和学习的热情、自信心空前高涨。

接下来,该排练节目了。这是乌日娜和布仁巴雅尔最擅长的,也是他们思考最多、花费心血最多的地方。技术上的事情他们可以找最优秀的音乐人,用最顶级的技术手段编曲配器做伴奏,但艺术上,到底应该以怎样的风格和样式来呈现呢?

王纪言又给他们讲了一个张艺谋的创作故事,鼓励他们要广开思路。他说,张艺谋拍电影的时候要请好几个编剧,这说明,好的创作要多发挥众人的智慧。

乌日娜和布仁巴雅尔受到了新的启发:要让不同的智慧各显神通。他们不仅请了呼和浩特、北京的老师给孩子们排节目,也请了俄罗斯、蒙古的老师一起上课一起创作,还请来了长期在基层工作的五个部族的本地民歌老师:鄂伦春族的白炎、鄂温克族的乌娜、巴尔虎蒙古族的乌日图那顺、达斡尔族的阿拉坦桑、布里亚特蒙古族的道力金。

那时候,乌日娜每到周末都从北京飞回海拉尔给大家排练,检查文化课进度,周日晚上再飞回北京,周一一大早继续给中央民族大学的学生们上课。她本以为,老师足够多了,排练的力量足够强大了,排练工作会进行得很顺利。但让孩子们把劲儿使到一处,并不容易。

排练《天鹅》的舞蹈动作时,先是老师编好动作教给大家,效果并不好:很多动作和唱歌"打架",做了动作就没法唱歌,孩子们自己也觉得没意思。乌日娜就让孩子们自由发挥试试,结果大家一下子来了劲儿了,有的使劲儿把胳膊来回扇动,有的来回跑跑跳跳,有的则把手往后背。

乌日娜和舞蹈老师突然领悟到:天鹅们在湖边的场景不正是这样的吗?没有一只天鹅会和另外一只天鹅的动作是相同的,所以孩子们也完全可以自由做动作,有的嬉水,有的整理自己的羽毛,有的几只聚在一起相依偎,有的单独行动且高傲,都可以。没有必要强求孩子们都去做整齐划一的舞蹈动作。最后,孩子们就被允许自由发挥了。

由此,他们找到了一个新的方向:所有的排练都不要"板"孩子,而是要让他们就按照自己部族的习俗、语言进行演唱和表演。各个民族的老师也都要用自己民族的语言甚至方言跟他们沟通、交流,让他们有自己部族的自信和自豪感,更加充分地释放他们的天性。

"一定要让孩子演出他们自己最自然、最喜欢、最高兴的样子,"乌日娜和布仁巴雅尔说。按照这个原则,好多由外请的专业水平很高的老师们编排的节目,后来都毅然舍弃了,这也直接导致了七八万元的浪费。但是他们都觉得很值得,因为这最终保证了所有节目都是原汁原味的原生形态,保留了所有孩子天生天赐的纯真和可爱。这才是他们更想要的,否则,和少年宫里的合唱团有什么区别?

"五彩"找到了最独特的成功秘诀:不要有老师的影子,不要有导演的痕迹,充分发挥每个孩子的天赋,挖掘每个孩子的潜力,最大限度地保留各个民族、部落的特点,还有孩子们的天性。

布仁巴雅尔说:"千万不要小看了孩子们,他们会让我们吃惊的。"他说的,是孩子们自己"练成"了和声的故事。作为合唱团,要分出声部,把声音配合起来,但和声是一件很难的事情,需要循序渐进。他们把声部分好之后,本想缓缓再教和声,可出人意料的是,合唱团组建二十天,孩子们的房间就传出了优美的和声。

他们小心翼翼地走过去,想看看是谁在教孩子们。但眼前所见让他们大吃一惊:没有人教他们,那美妙的和声是他们自己"发挥"的。那天孩子们自发聚在一起为其中一人庆祝生日,因为高兴,大家就开始唱歌,结果很自然地就按着老师分的声部唱出了好听的和声。

"这就是民歌最本来的样子啊!"布仁巴雅尔和乌日娜满心欢喜地说,"大家聚在一起,自娱自乐,凭着天赋和本能让歌声更抒情、更好听,这就是原生态啊。"布仁巴雅尔和乌日娜于是把和声课提前了，依次教会了孩子们唱三声部、四声部、五声部，课程进行得无比顺利。

排练了几个月之后，一台名为《五彩传说：草原童年的歌谣》的节目基本成型。

2007年春天，五彩合唱团在海拉尔的一个小剧院中进行了首场演出。一首首好听的民歌、一件件漂亮的民族服饰，在舞台上依次呈现出来。每一首歌都是一个故事，故事跌宕，歌声也随之百转千回——

《海拉尔河》中有无尽的苍凉和源远流长；

《梦中的额吉》犹如梦中的呜咽，流浪的孤儿在低声哼唱，思念妈妈；

《五彩的敖包》以蒙古族颂歌的形式赞颂"天下第一敖包"；

《百鸟会》融合达斡尔族、鄂温克族、鄂伦春族民歌衬词，描述在呼伦贝尔春暖花开的季节里，汇聚在森林草原的各种鸟类交谈和欢唱的自然景观；

鄂伦春小姑娘孟安蕊说起鄂伦春语的绕口令，背诵家族的姓氏；

小胖子奥成在舞台上演起了摔跤；

……

随着节目的展开，剧场里不断地响起一阵又一阵掌声。

人们从来没看到过这么激动人心的节目。他们听到了久违的歌谣，每一首都那么熟悉又那么陌生；他们听到了自己的孩子用母语演唱的歌声，像天籁般纯洁又动听；他们看到了很久没穿过的服装，那么漂亮又那么新颖；他们看到了草原和森林，生生不息、欣欣向荣……

观众席上的人全都激动起来了。演出结束了，掌声不停。孩子们上来谢幕了，掌声仍然不停。谢幕都谢了好几遍了，掌声还是不

一片云雾随风游——"吉祥三宝"一家的音乐人生

布仁巴雅尔和"五彩"的孩子们一起演出

停,没有人愿意离去。很多人,都是先看到别人眼里的泪花才发现,自己的脸上也早已泪水纵横。

五彩合唱团的首场演出,就这样成功了。第二天,呼伦贝尔的报纸、电台、电视台,全都在报道这场演出,大街上、草原上、森林里,人们奔走相告,交口赞誉。网络上,五彩合唱团引起轰动的消息更是吸引了人们的眼球,迅速传播开来。

随后,五彩合唱团开始了全国巡回演出——

2007年,呼和浩特、北京、深圳……

2008年,登上了中央电视台春晚舞台,受到邀请赴香港、台湾演出……

之后是,广西南宁国际民歌节、上海世博会……

随后,第二台节目《家园:五彩传说的童谣》,第三台节目由五

乌日娜和"五彩"的孩子们一起演出

彩合唱团与爱乐乐团合作的《五彩传说：交响音诗》登上舞台，出版《五彩传说》专辑，拍摄纪录片电影《三十七》……

五彩合唱团迎来了它的辉煌时期，余秋雨、席慕容等文化学者和文艺界名人相继撰文评价、推荐，音乐界、舞蹈界、文化界、学术界纷纷进行评论和研讨。五彩合唱团每到一地每一场演出都能激起关注"原生态民族文化"的讨论浪潮，引起了国内外广泛的关注和赞誉。乌日娜和布仁巴雅尔体验到了与《吉祥三宝》完全不同的成功的喜悦。

地方政府也加大了对五彩合唱团的关注。如今，合唱团的建制和管理更加规范了，孩子们也迎来送往更新到第六批了。

一片云雾随风游——"吉祥三宝"一家的音乐人生

2007年,五彩合唱团在北京北展剧场首场演出,反响十分热烈,观众久久不愿离开

第六章 我的生命我的草原——"吉祥三宝"一家人献给家乡的爱

2. 舞台剧《敖鲁古雅》

　　心怀梦想的人，从来都不会满足于在一个梦境里停留太久。五彩合唱团的成功，像一场吹绿草原的春风，吹得布仁巴雅尔和乌日娜心中那一颗颗种子，接二连三地发芽。

　　2009年，根河市要承办呼伦贝尔"两个文明"建设晚会。为了创作好这台晚会，根河的相关领导来找乌日娜和布仁巴雅尔。乌日娜此前到使鹿鄂温克部落采风的时候，曾和根河的相关领导见过面。当时，领导为了表达对艺术家的欢迎，安排人弹着电子琴、唱着蒙古族歌曲给他们敬酒、献哈达。

　　乌日娜问："你们没有本地特色歌曲吗？"

　　根河的领导说："我们林区，和草原上没法比，没有什么有特色的歌。"

　　乌日娜说："可是根河有敖鲁古雅啊！"

　　领导摇了摇头："使鹿部落就200多人，没人搞，我们也不太懂……"

　　乌日娜理解领导的苦衷，人少，钱少，不是没有东西，而是没人能搞。

　　她坚定地说："我来搞吧！一定要把敖鲁古雅的文化、艺术和民俗好好梳理一下，创作出一台富有特色的节目，把使鹿鄂温克人的故事，好好地讲给人们听。"

　　领导们当时拍板："好啊！"

　　呼伦贝尔一共有三个鄂温克部落：索伦鄂温克、通古斯鄂温克、使鹿鄂温克。它们在文化、生活方式和习俗上有相同之处，也有不同之处。索伦鄂温克主要集中在鄂温克旗的鄂温克草原上，现有两万多人，是三个部落中最大的，乌日娜就来自索伦鄂温克；通古斯鄂温克集中在陈巴尔虎旗的鄂温克苏木,以游牧为生,现有几千人;使鹿鄂温克集中在根河的大兴安岭密林深处的敖鲁古雅乡,现有人口只有200多人。

住在大森林里,祖祖辈辈以打猎和驯鹿为生的使鹿鄂温克被人们称为中国"最后的狩猎人"、中国"唯一的使鹿部落"。因与外界交往很少,他们的民族文化更为传统、更具特色,保存得也更为完整。

乌日娜曾多次到敖鲁古雅,不过都是为了采风学民歌,并未对敖鲁古雅的文化、历史和故事做全面了解。这一次,要创作一整台舞台剧,来全面讲述使鹿鄂温克人的文化和历史,必须全面地了解敖鲁古雅,了解使鹿鄂温克人的文化和歌舞艺术。

乌日娜和布仁巴雅尔一头扎进大森林,住到了敖鲁古雅,彻夜地采访畅谈,仔细地观察学习,看敖鲁古雅的每一个黎明、黄昏,熟悉使鹿鄂温克部落里的每一个人,聆听每一个祖先的故事和每一首与祖先有关的歌谣。他们要捕捉到使鹿鄂温克部落的魂,捕捉到创作的灵感。

渐渐地,他们意识到,使鹿鄂温克,不是几首民歌就能唱得尽的,它是一部历史,是几代人的命运,是尚不为世人所知的与城市现代化完全不同的一个特殊的文化存在。这里有太阳崇拜、火神崇拜、熊的崇拜,这里有萨满、有仪式、有歌舞……要完成好这个创作,光有歌曲、舞蹈,远远不够,更需要历史的梳理、文化的挖掘、学术的论证,需要非常特别的讲述方式和呈现形式。毫无疑问,这已经超出艺术创作的范畴,进入文化研究的领域了。

乌日娜拿出了做研究的劲头。资料方面,国内资料太少,她就找来俄罗斯、蒙古的资料,自己动手翻译。民俗方面,拿捏不准的,就请教专家。服装服饰方面,已经失传了的,就通过族群不同但

一片云雾随风游——"吉祥三宝"一家的音乐人生

1995年,乌日娜在敖鲁古雅。这是她第一次到敖鲁古雅寻根,那时她刚刚20岁出头

布仁巴雅尔在敖鲁古雅,身后是成群的驯鹿

文化相通的一些人的回忆、比对、研究,探究这一次的服装造型。学术方面,存疑有争议的,就发起研讨会,确保创作的文化依据和意义……

其中有一次,因为找资料找得不管不顾,他们竟然联系了当时的中央委员、中宣部部长刘云山。1984年前后刘云山在内蒙古工作期间曾经到敖鲁古雅采过风,写过一本书《鄂温克风情》,比较详细地记录和描述了当时敖鲁古雅鄂温克人的生活。乌日娜在查阅资料时发现了这条线索,于是他们四处寻找这本书,最终在国图找到并复印了整本书。布仁巴雅尔冒失地给中宣部部长刘云山写了一封信:"我们特别喜欢这本书,能不能由我们出资再版。"很快,刘云山回信同意了授权。

这本书对他们的创作的确起到了很大的作用。书中对使鹿鄂温克人祭火神、熊崇拜等民俗的记载和细节描写,给舞台剧的故事架构和场景设计带来启发。最关键的灵感来自其中讲述的一个神话故事：高高的大森林里，生活着一对幸福的夫妻。有一天，妻子不小心把水洒在了火堆上，火熄灭了，结果，寒冷袭来，幸福也随之消失了。为了找回幸福，使鹿鄂温克人举行了祭火神仪式……

由此形成《敖鲁古雅》舞台剧的整体创意——

年轻美丽的使鹿鄂温克少女艾雅玛做了一个梦，梦中她变成了一只仙鹤，飞进森林里遇到了自己心爱的人。但梦醒了，心爱的人也不见了。她决定去寻找，却在森林遇到了狼。危险之际，英俊的青年猎人别日坎及时赶到，赶走了狼，救了她。艾雅玛把救命恩人别日坎带回自己部落，不料却激起了部落里小伙子的嫉妒和怒火。小伙子向青年猎人发起了挑战，要比试谁更英武、更勇敢。比试非常激烈，但在比赛猎熊的时候，发生了意外，彼此的比试变成了与熊的生死搏斗。搏斗中别日坎表现得非常勇敢，打死了熊，救下了本部落的小伙子。至此大家和好，艾雅玛也深深地爱上了别日坎。清清的敖鲁古雅河边，勇敢的青年猎人和美丽的少女手牵着手，倾诉彼此心中的爱恋，人们纷纷向他们送上美好的祝福。

有了这条相遇、相识、相斗、相爱的故事线，舞台剧《敖鲁古雅》的框架结构已基本成型，最终由鄂温克作家乌日尔图执笔完成了剧本创作，写成了四幕舞台剧本。

剧本完成以后，大家又反复修改、打磨，直到所有人都觉得满意，都认为这是一个有着真实的生活基础和美好寓意的故事。那个梦是使鹿鄂温克部落最后一任女酋长玛丽亚·索年轻时做过的一个真实的梦。舞台剧由这个故事做串联，集中展现使鹿鄂温克部落的民间音乐、舞蹈、服饰、乐器、风俗、仪式，既真实又特别，很好地展现了使鹿鄂温克人的生活面貌，也将使鹿鄂温克人的历史和精神元素融入其中，带有鲜明的使鹿鄂温克的文化特色和打动人心的艺

一片云雾随风游——"吉祥三宝"一家的音乐人生

《敖鲁古雅》舞台剧海报

第六章 我的生命我的草原——"吉祥三宝"一家人献给家乡的爱

术魅力。

2009年夏天,《敖鲁古雅》首场演出在敖鲁古雅新村的太阳河边开演,演出现场搭起了一个18米高的撮罗子,安装了5.1声道环绕立体声音响以及LED、多媒体灯光。乌日娜说:"这部剧演得对不对、好不好,得先让敖鲁古雅的人看,他们说行才行。"

演出开始了,玛丽亚·索带着她的孩子们以及十几个使鹿部落里的年轻人拿着铃铛、赶着驯鹿先出场,场面既真实又壮观,随后根河市乌兰牧骑的演员们表演的四幕舞台剧正式开始。

那一天,应该是使鹿鄂温克人最值得记住的一天,也是乌日娜永远无法忘记的一天:《敖鲁古雅》舞台剧的首场演出非常成功。

演出结束的时候,观众久久不愿散去,天空下起了雨。玛丽亚·索拉住乌日娜的手,对她说:"你看,老天都被你感动了。"

首场演出成功后,《敖鲁古雅》开始在海拉尔驻场演出,轰动全

《敖鲁古雅》首场演出前,乌日娜按照敖鲁古雅习俗,到"神树"前祈祷

市。有的观众一连看了40多场，看一次哭一次。

2010年8月，《敖鲁古雅》在保利演艺总经理陈科的运作下到北京公演，先是在保利剧院连演四场，引起巨大轰动，后又赴广州演出三场，再次引起巨大轰动。

2011年，《敖鲁古雅》赴智利参加国际艺术节，一举摘得了"世界舞蹈艺术特殊贡献奖"等五项大奖。

载誉归来的《敖鲁古雅》舞台剧，在政府有关部门的支持下以及呼伦贝尔旅业集团掌门人王延年的运作下，连续多年夏季在呼伦贝尔驻场演出，成为呼伦贝尔旅游旺季的重点文旅项目。

《敖鲁古雅》舞台剧前前后后在全国各地共演出了800多场，给使鹿鄂温克带来了非常直接、非常巨大的影响。乌日娜每次到敖鲁古雅都能看到新的变化：来敖鲁古雅旅游的人越来越多了，使鹿鄂温克人的精神面貌和生活都越来越好了，部落里陆续建起了驯鹿文化博物馆、桦树皮博物馆、撮罗子酒店、猎民体验园，留在部落里的人们重新穿上了使鹿鄂温克的服装，曾经逃离森林到城市里去打工的年轻人又回到了敖鲁古雅……

对此，玛丽亚·索非常高兴也非常自豪地说："别人的孩子翅膀硬了飞走了，我的孩子翅膀硬了都飞回来了！"

《敖鲁古雅》舞台剧的成功，在很大程度上保护了濒危的使鹿鄂温克文化，推动了使鹿鄂温克部落文化的传承、发展与传播。这部鄂温克民族历史上第一部反映敖鲁古雅使鹿鄂温克部落生活的舞台剧，抢救性地收集了当地民歌、舞蹈、乐器、服装服饰、形体艺术等弥足珍贵的第一手资料，通过使鹿鄂温克族强调"腿部动作"的"鹿舞"与"仙鹤松鸡舞"，萨满舞、祭火神等神秘仪式，鹿哨、口弦琴、萨满鼓等鄂温克族民间乐器营造的林海雪原特有风情，以及最原始的鄂温克族"喉音发声打拍法"等，将神秘又神奇的使鹿鄂

《敖鲁古雅》演出剧照

温克部落的生产生活方式、民俗风貌、宗教信仰、音乐舞蹈、美术、文学等全景式展现给观众,填补了鄂温克族文化艺术历史上的空白,成为使鹿鄂温克的民族文化名片。

根河市更是以此为契机,致力于把敖鲁古雅打造成一个金字招牌，以点带面，全面推进根河的发展。如今，敖鲁古雅使鹿文化景区被评为国家 3A 级景区，被内蒙古自治区文化厅命名为"桦树皮文化之乡"和"驯鹿文化之乡"，入选第一批自治区文化生态保护区，被国家文化部命名为"中国民间文化艺术之乡"，被国家民委命名为"中国少数民族特色村寨"，被国家住房和城乡建设部、国家旅游局命名为"全国特色景观旅游名镇名村"，列入"中国传统村落名录"。敖乡驯鹿文化、桦树皮手工制作技艺、鄂温克族萨满舞等 3 项被列入国家级非物质文化遗产保护名录。

2019 年，一位研究乡村问题的专家专门找到乌日娜，对她说："你用一部舞台剧抢救了一个民族和它的文化。"

其实，"抢救"的同时还做了大量"创新"。为了保证《敖鲁古雅》舞台剧故事情节的连续性和发展，也为了让观众更好地了解和理解敖鲁古雅，布仁巴雅尔和乌日娜在"挖掘"和"整理"原始民歌、舞蹈的同时，还进行了大量新民歌、器乐、人声等多元音乐的创作，以丰富舞台剧呈现效果。布仁巴雅尔专门创作的歌曲《敖鲁古雅》，也是这部舞台剧的主题歌，就是其中的代表。后来，这首歌成了敖鲁古雅的旅游推广歌曲——

千万个乡村里你是最美丽呀，
那是因为果树多全是天然的，
啊那是因为果树多全是天然的。

北国的乡村里只有你独特呀，
那是因为河流多水是清澈的，
啊那是因为河流多水是清澈的。

一片云雾随风游——"吉祥三宝"一家的音乐人生

布仁巴雅尔手里拿的是敖鲁古雅特有的鹿哨

我走过的乡村里你是最可爱呀,
那是因为驯鹿多确实古老的,
啊那是因为驯鹿多确实古老的。

遥远的乡村里只有你亲切呀,
那是因为鄂温克人是善良的,
啊那是因为鄂温克人是善良的。

你那凉爽的空气,

布仁巴雅尔在敖鲁古雅拍摄MV,学习使用鄂温克人的猎枪

直率的天性,

都是我的渴望,

那是我的故乡,

敖鲁古雅。

  这是一首非常好听也非常有特点的歌曲,它采用了典型的敖鲁古雅民歌曲调,运用了森林民族特有的"喉音"发声方法,发出介于"嘎嘎"与"啊啊"之间的声音,模仿鸟和驯鹿的叫声,非常特别。很多人以为它是一首经典民歌,然而,它真真实实是一首新创作的歌曲。

  对此,布仁巴雅尔非常感慨:民歌的流传其实就是这样的!没有哪一首歌不是"创作"歌曲,它们一定是最先由某些人"创作"出来的,并得到了身边人的认可,唤起了人们的共鸣。然后歌曲一边流传一边改进，不断被再创作。时间久了，就成了祖先流传下来的歌谣了。"我希望，很多年以后，这首歌也能成为孩子们传唱的古老的民歌。"

3. 小鹿艺术团

小鹿艺术团是乌日娜和布仁巴雅尔在呼伦贝尔创办的第二个儿童艺术培养及表演团体。它的创办，与《敖鲁古雅》舞台剧有关。

《敖鲁古雅》舞台剧中有一个误打误撞的小演员——伊如乐。他的父母是舞台剧中的演员，他2岁多就看父母排练了。慢慢地，他把整个节目都看熟了，胆子也变大了，时不时跟着大人们一同唱跳，一同打鼓。鼓是他自己找来的。正式演出时，他依旧如此。

这本来是大人们对小孩子的宽容，也是没办法的事，但让人意想不到的是，每次他上场的时候，演出效果反而特别好，观众们总是报以更加热烈的掌声。观众们觉得，这个剧是真的很好看，居然两三岁的小演员都表演得这么好，丝毫看不出这并不是剧情本身的安排。也确实，《敖鲁古雅》反映的是使鹿鄂温克部落里的故事，部落里有个两三岁的孩子，既显得真实生动，更富有生活气息，和剧情的需要并不违和。

《敖鲁古雅》巡演回到呼伦贝尔的时候，伊如乐俨然成了舞台上最有号召力的演员。每当他在台上跳的时候，台下的孩子也都跟着跳，人数越来越多。后来，家长们干脆建议乌日娜把孩子们组织一下，好好教一教，让他们都学会，演出的时候都上去。

创作这部舞台剧是为了弘扬和传承敖鲁古雅的文化，孩子们喜欢跟着表演，说明这部剧实现了创作初衷，这让乌日娜很欣慰：虽然

"吉祥三宝"一家和小鹿艺术团的孩子们在一起

让孩子们都上台表演不可行,教一教还是可以的。

就这样,乌日娜带着老师们开始教孩子们跳舞了。随着学生数量增多,老师们和孩子们也不只满足于《敖鲁古雅》中的节目了,跳舞、打鼓、唱歌、口弦都开始教了。随着教学规模增大,乌日娜和布仁巴雅尔不得不好好思考团队、师资、教材等各个方面的问题。他们和在舞台剧《敖鲁古雅》里做主演的乌娜老师商议,再组建一个带有培训功能的艺术团,将教育、创作、演出结合起来,由乌娜任团长,负责日常的具体事宜。

乌娜是乌兰牧骑的歌手,鄂温克族叙事民歌的传承人,《敖鲁古雅》的主演,也是乌日娜和布仁巴雅尔的好朋友。她早就有把孩子们组织起来搞培训、搞演出的心思,只是自己一个人力量不够。结果,三个人一商量,意见和想法完全一样。

"咱们得起个名字吧。"乌娜说。

"就叫小鹿艺术团吧。"乌日娜说,"驯鹿是咱们鄂温克人的标志,是吉祥和幸福的象征,要让咱们的孩子们像小鹿一样,蹦蹦跳跳,快乐成长。"

乌娜说:"好啊,这就是咱们鄂温克的小鹿艺术团。"

2013年,布仁巴雅尔和乌娜启动了小鹿艺术团的筹备工作,2015年小鹿艺术团正式成立。

小鹿艺术团和五彩合唱团不一样。五彩合唱团是经过政府批准建制在学校里的半专业性团体,而小鹿艺术团是完全业余性质的民间团体,挂靠在鄂温克民族民间艺术团,主要以鄂温克孩子为主。小鹿艺术团学习的也不是合唱,而是舞蹈、唱歌、口弦。上课的时间是假期和周六周日。

布仁巴雅尔和小鹿艺术团的孩子们在一起。乌仁托雅摄

小鹿艺术团的孩子们演出时总是充满激情。乌仁托雅摄

刚开始的时候，没有教室场地，就在乌娜家上课，家里、院子里、草地上，都可以是课堂，孩子们和家长们对此也没有任何异议，因为鄂温克人就生活在草地上、森林里，习惯而且也喜欢在这些地方唱歌跳舞，打闹嬉戏。

一开始的教学，也不是非常刻板和严格拘谨的。乌日娜和乌娜的理念非常一致：小鹿艺术团的教学，要特别强调自由性，不要求孩子们舞蹈动作多么统一，甚至不要求每个孩子都达到演出水平，重要的是让孩子们有机会浸润在民族文化和艺术里。教学的内容也不仅仅局限于学习敖鲁古雅鄂温克的歌舞，还扩大到整个鄂温克民族的歌舞器乐。和声要练，但不用像五彩合唱团那样强调专业性和准确度，能让孩子们感受到和声的美，喜欢和小伙伴们一起唱和声就行。

在这样的教学理念下，布仁巴雅尔甚至都给孩子们上过舞蹈课。他上舞蹈课并不是要教孩子们学会几个固定动作，而是让他们懂得肢体的舞蹈动作也是一种语言，可以表达自己的心情和情绪，启发孩子们唤醒自己内心深处的激情和潜能。

他的这种教学法，在小学员玉虎的身上得到了很神奇的验证。玉虎是当时小鹿艺术团年龄最大的孩子，也是小鹿艺术团演出时最受欢迎的舞蹈演员。他的每次舞蹈都能投入到一个忘我的状态中，肢体完全释放，动作全都到位，呈现出一种超强的舞蹈表现力。有人甚至评价说，他很像是一个天才的舞蹈家在跳舞。

布仁巴雅尔说："我们就是要唤醒孩子们心里身体里的激情和潜能，把真正的东西教给孩子们。他们真正学会了我们民族的艺术，我们的文化就再也不会失传了。"

小鹿艺术团的这种教学理念和教学方法，得到了孩子们和家长们的广泛认同："学起来不难，不费劲儿，表演起来很有特色，很好看。"

乌日娜也说："好的艺术，是从生活里来的，最重要的是真实、

一片云雾随风游——"吉祥三宝"一家的音乐人生

乌日娜和小鹿艺术团的孩子们同台演出。乌仁托雅摄

小鹿艺术团的孩子们在草原上演出。乌仁托雅摄

小鹿艺术团的孩子们在舞台上演出。乌仁托雅摄

自然，符合人的天性，释放人的天性。小鹿艺术团的老师们从来不要求孩子们整齐划一，也不追求技巧和难度。孩子们的表演都是真情实感的流露。"

由于延续了五彩合唱团和《敖鲁古雅》舞台剧的热度与影响力，小鹿艺术团成立的消息很快传遍了国内外，各种媒体、演出机构、大型活动纷纷向乌日娜、布仁巴雅尔发来邀约，请小鹿艺术团去演出。这使得小鹿艺术团的孩子们得到了开阔视野、看世界的机会。几年来，小鹿艺术团已经到北京、上海、深圳以及蒙古、日本等地演出了60余次。

看过小鹿艺术团演出的观众，几乎异口同声地对孩子们演出的内容、风格、水平予以赞扬。说得最多的，是孩子们的性格和气质：特别张扬奔放，气场非常强大，感染力非常强。

小鹿艺术团的节目非常丰富，音乐、舞蹈、服装都极其富有民族特色。乌仁托雅摄

现在，小鹿艺术团已经发展到三个团了。人员也不局限于鄂温克孩子了，汉族的、蒙古族的、达斡尔族的、鄂伦春族的，都有。

2019年，在北京举行的中国乡村文明发展论坛，注意到了乌日娜和小鹿艺术团的实践和成果，称他们是"天生的教育家"，向乌日娜颁发了"有根的乡村教育创新奖"，并聘请乌日娜担任"全国乡土教育形象大使"。

2020年1月16日，小鹿艺术团在鄂温克旗影剧院举行了成立五周年主场庆祝演出，演出了鄂温克族原生态舞台剧《敖鲁古雅》。内蒙古自治区鄂温克族研究会副会长孟和雅在致辞中赞扬小鹿艺术团整理、挖掘、传承了鄂温克民族优秀的文化，展示了鄂温克族深厚的文化底蕴和艺术魅力，为创造性、创新性发展鄂温克民族文化艺术做出了有目共睹的贡献。

第七章　呼伦贝尔·万岁

——深情的人做深情的事

布仁巴雅尔

"要是有人看到之后给他们建一个养老院就好了。如果能有一个养老院，那些老人的健康问题、医疗问题、卫生问题都会得到改善，他们的生活会更好，寿命会更长。"

从 2016 年到 2018 年，布仁巴雅尔在不到三年的时间内，拍摄了近万张呼伦贝尔各民族老人的照片，以图片、文字、视频的方式记录下他们的影像。谁也没想到，55 岁之后，他竟然从音乐跨界到摄影，由此撬动了一个非常庞大的影像项目。

他以《呼伦贝尔·万岁》为题拍摄了 4 集纪录片，举办了两场大型个人摄影作品展，出版了一本中英文双语的精美的大开本摄影画册，完成了一个专职摄影人都难以完成的综合性的影像采风与跨界创作。

1. 拍摄百岁老人

一次又一次的采风中，布仁巴雅尔遇到的不仅仅有可以捡拾和搜集起来的民歌，还有让他难以忘怀的、活生生的、有故事的老人们。这些面容苍老、声音嘶哑的老人们依稀记得那些遥远的、模糊的、即将失传的歌谣，也有着令人唏嘘不已甚至泪流满面的故事。歌谣只是他们人生中非常微小的一部分，他们每个人的经历、每个

第七章 呼伦贝尔·万岁——深情的人做深情的事

布仁巴雅尔摄影作品选

人的故事都蕴藏着更为深刻的民族与历史的细节，蕴藏着具有情感力量和传奇色彩的人生悲欢。

每次采风之后，布仁巴雅尔的心情都久久不能平静。他很想记住这些老人的样子，他们的脸与他们的名字和那些古老的民歌一样珍贵。不知不觉中，他有了一个习惯，掏出手机拍下这些老人。

拍摄了十几位老人后，他逐渐有了一些更主动的意识，再拍的时候，尽可能把老人移到光线好的地方，让老人穿上漂亮干净的衣服，尽可能把老人哄高兴了再拍。因为，如果不做一些这样的安排，拍出来的老人们并不好看。这些老人大多90多岁，有的已经超过100岁，他们多数时间躺在床上，有的长期被疾病折磨，也有的很长时间没有理发、洗澡，病容、倦容都挂在脸上。他觉得，拍下这样的形象，有点对不起那些老人。在他看来，会唱那么美好古老民歌的人，样子应该是美的。

一片云雾随风游——"吉祥三宝"一家的音乐人生

布仁巴雅尔摄影作品选

第七章 呼伦贝尔·万岁——深情的人做深情的事

布仁巴雅尔摄影作品选

有一天，布仁巴雅尔和王纪言参加朋友的聚会。他掏出手机给王纪言看已经拍好的十几位老人的照片。王纪言说："这是一个非常好的题材，你一定要拍下去。"王纪言不仅是知名学者、传媒人，也是一位造诣非常高的摄影家。他指着其中一张玛丽雅·布的照片说，"你拍得非常好。20世纪一位非常伟大的摄影家曾说过：如果拍得不够好，是因为你离得不够近。而你能离得很近。"

113岁的使鹿鄂温克部落的玛丽雅·布老人，神态拍得非常自然、

185

布仁巴雅尔在拍摄中

松弛,脸上的皱纹拍得非常清晰,身上披着的有民族特色图案的披巾恰到好处地对老人的身份和所处环境进行了解释与说明。

王纪言说:"如果你能拍到100位百岁老人,这个项目就可以叫'呼伦贝尔·万岁'了。因为100位百岁老人的年龄加起来是一万岁。"

整个呼伦贝尔都知道布仁巴雅尔痴迷于民歌采风,总有人主动把信息传递给他:什么地方有一位什么样的老人会唱什么样的民歌。只要他们去了,人家基本上都持欢迎和配合的态度。他们知道,布仁巴雅尔是艺术家,是为呼伦贝尔唱了很多好听的歌曲,做了很多好事情的好人。

2016年年底,布仁巴雅尔已经拍摄了30多位老人了。他的朋友于守山看过照片后,同样受到了震撼。于守山是北京电视台的大型晚会导演,也是一位资深的自驾游达人和摄影人,创建了绿色中国行主题摄影联盟。

布仁巴雅尔为老人们拍摄的照片涵盖多个民族、多个区域、多

个生活场景、多种性格神态，信息极为丰富。每张照片里的老人都穿着漂漂亮亮的盛装，每个人的脸上都透射出生命的不屈与活力，闪耀着乐观与豁达的光芒，有的掉得只剩下两颗牙齿仍然笑到合不拢嘴，有的拿着长长的大烟袋抽烟，有的把一生的军功章和荣誉都挂在胸前，有的和驯鹿或马群在一起，有的在撮罗子里生火做饭，有的仍在做针线活，有的坐在窗口看书，有的正跳着萨满舞……

于守山也认为这是一个非常好的题材，而且这件事情的意义比照片本身要大得多。他说："你只管拍下去，但这是一个大工程，我来帮你。"

很快，一个摄影项目工作群成立了。于守山把著名主持人邱启明、《中国摄影艺术年鉴》主编高健生、北京电视台纪录片频道总监严威等人拉进群，布仁巴雅尔把多年好朋友、艺术家、时代美术馆馆长王艺以及保利演艺总经理陈科、音乐人秦万民、摄影师王昌龙等都拉进群。他们迅速地梳理出拍摄纪录片《远方——"呼伦贝尔·万岁"》和筹办"呼伦贝尔·万岁"阶段性摄影作品展两个工作计划。

2. 纪录片和专题影像新闻发布展

2017年4月底，纪录片《远方——"呼伦贝尔·万岁"》率先开拍，由于守山、邱启明担任总策划，邱启明担任总导演。

邱启明是一个重情义、有担当的媒体人，曾经在中央电视台担任新闻性节目《24小时》主持人，有很强的新闻敏感性。他和布仁巴雅尔一见如故，两人都话不多但一诺千金，目光如炬直视心底。见面后客套话基本没说，他就直抒胸臆："我一定尽自己所能支持你拍好《呼伦贝尔·万岁》。"随后，他亲自拉赞助，联系播出平台，并迅速组建了编导团队和制片团队，落实设备和车辆，制定拍摄时

纪录片《远方——"呼伦贝尔·万岁"》拍摄间隙的纪念照，左一为布仁巴雅尔，左三为邱启明

草原上刮起了9级大风，摄制组无法拍摄，心急得不得了，布仁巴雅尔却迎着大风玩起了"漂移"

间表。

邱启明此前从来没有到过呼伦贝尔，作为一个生在江苏、家安在上海的南方人，呼伦贝尔一直是他心目中的远方。而这一次，他要到他的远方去拍布仁巴雅尔的故乡。

2017年4月底，纪录片开拍，共设4集，拍摄了4位老人，分别是玛丽亚·索老人、门德陶特老人、关布老人、关扣妮老人。2017年7月7日，纪录片首播新闻发布会在北京搜狐大厦举行，4集纪录片和25个短视频全部在搜狐视频上线，随后在北京电视台纪实频道播出。

这是一次非常高效的纪录片创作。策划、筹备、谈赞助、现场拍摄、后期制作、上线播出，整个过程如开拍第一天遇到的9级大风，呼啸而过，行云流水。纪录片制作非常精良，全部采用布仁巴雅尔的音乐。片尾选用了他特别喜欢的《阿尔斯楞的眼睛》，满足了他的心愿。

邱启明带队远赴呼伦贝尔拍摄纪录片的同时，于守山、高健生担任策展人的"呼伦贝尔·万岁"专题影像新闻发布展也紧锣密鼓地筹备着。

布仁巴雅尔起初对这么快就举办展览有所顾虑。一是担心拍得不够好，不能很好地把老人的面貌和他想表达的思想情感表达出来；二是觉得拍得还不够多，还没完成100位，算术上也没达到"万岁"。

于守山解释说："这个新闻发布展是为了提前告知人们，你在拍这些照片，让更多的人了解，呼伦贝尔有许多民族不同、状态各异、故事丰富的百岁老人。这有助于帮老人们获取更多关注和关怀。等全部照片都拍摄完再办展览，就有点晚了。"

布仁巴雅尔接受了，说："要是有人看到之后给他们建一个养老院就好了。如果能有一个养老院，那些老人的健康问题、医疗问题、卫生问题都会得到改善，他们的生活会更好，寿命会更长。"

于守山说："所以啊，这个发布展非常重要啊，你抓紧拍吧。"

此后，布仁巴雅尔和乌日娜几乎每个星期都回呼伦贝尔进行拍摄。到7月底时，他已经拍摄了近80位老人，选出了上千张照片。

于守山统筹整个展览方案及文案，为展览确定了"深情的人做深情的事"主题；高健生负责图片编辑，为展览规划平面布局和动线设计；王昌龙负责技术修图和输出；王艺直接把时代美术馆的大门全打开，几个展馆场地随便挑，免费……

2017年8月11日，北京时代美术馆矗立起一个以玛丽亚·索和驯鹿为主体的巨幅海报，由绿色中国行组委会、《中国摄影艺术年鉴》联合主办的布仁巴雅尔专题影像"呼伦贝尔·万岁"新闻发布展隆重开幕。

发布展采取新闻发布会和摄影展相结合的方式，先开新闻发布

2017年8月11日，"呼伦贝尔·万岁"新闻发布展在时代美术馆开幕

会，然后摄影展开展。发布会由邱启明主持，人民网、新华社、中央电视台等数十家中央媒体及数十家网络媒体纷纷到场采访、报道，中国摄影家协会、北京艺术摄影学会、内蒙古自治区摄影家协会的摄影家们和文化艺术界的朋友们也纷纷前来助阵。

整个展览展出了近80幅（组）作品，有许多作品放大到4×3米巨大幅面，给人以极具震撼的冲击力。四集纪录片《远方——呼伦贝尔·万岁》也同时在展厅内循环播放。展厅里还摆了很多太阳花和桦树皮制品，乌日娜的学生在展厅里唱着长调，拉着马头琴。

人们没想到布仁巴雅尔能拍到这么多老人，能用手机拍得这么好。没想到摄影还可以有这样一个独特的题材和角度，摄影展还可以搞得这样富有民族特色和民俗风情。

时代美术馆位于五棵松，是北京时尚、文化、娱乐的新地标，人流量非常大。来看展览的人络绎不绝。原定3天的展览，最终延长至6天。

一片云雾随风游——"吉祥三宝"一家的音乐人生

布仁巴雅尔在发布会上感言说:"我还会继续拍下去。"

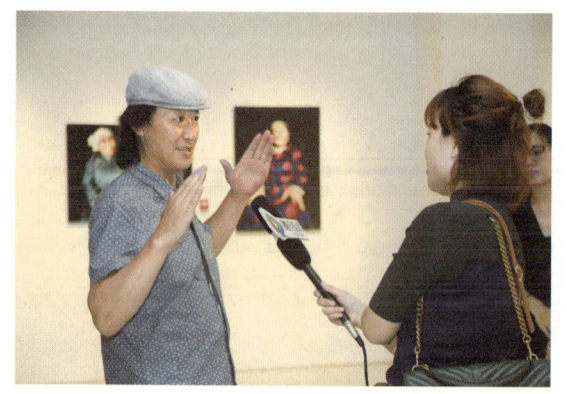

布仁巴雅尔接受媒体采访,讲述自己拍摄的心路历程

乌日娜向嘉宾介绍照片背后的故事

3. 画册和摄影展

"呼伦贝尔·万岁"新闻发布展还没结束，乌日娜接到了新世界出版社打来的电话，时任新世界出版社总编辑张海鸥已到时代美术馆观看过展览，那些巨幅的具有鲜活生命力的摄影作品深深打动了她。她以一个资深出版人的敏锐度迅速做出判断，要把这些摄影作品结集出版，全球发行。

很快，乌日娜、布仁巴雅尔和张海鸥总编辑在魏公村附近的一家咖啡馆见面了。参加会面的还有出版社的几位编辑，以及北京台导演于守山。乌日娜说："摄影展是于导策划的，书也请于导继续帮助策划吧。"

双方沟通得非常顺利，这本书很快就进入到编辑流程：于守山、高健生担任图书主编，于守山负责统稿，高健生负责图片编辑和版

布仁巴雅尔对新书非常满意，抚摸着，翻阅着，脸上挂着笑容。左一于守山、左二布仁巴雅尔、左三王艺、左四高健生

一片云雾随风游——"吉祥三宝"一家的音乐人生

布仁巴雅尔专门和新书拍了一张合影,以表达他对这本新书的重视和珍惜

式,王昌龙负责修图调色。

2018年8月,摄影画册《呼伦贝尔·万岁》正式出版。拿到装帧设计精美的画册,布仁巴雅尔非常满意,抚摸着,翻阅着。那些他拍过的老人们,如今以这样的方式和他再次见面,他露出了欣慰的笑容。

布仁巴雅尔说:"我有一个心愿,能不能把这本书的首发仪式放到呼伦贝尔去,我很想让书里的主人公和他们的家人先看到这本书。"出版社非常支持。

大家最后一致决定:不光把图书的首发仪式放在呼伦贝尔举行,还要把摄影展带回呼伦贝尔。要让老人们最先拿到书,也要让他们亲眼看到摄影展。

2018年9月15日,《呼伦贝尔·万岁》新书首发仪式和"呼伦

布仁巴雅尔自己动手参与布展

贝尔·万岁"摄影展在呼伦贝尔美术馆一楼的大展厅举行。

展厅里，在北京举行的"呼伦贝尔·万岁"摄影展原作悉数搬回了呼伦贝尔。纪录片《远方——呼伦贝尔·万岁》也在展厅里滚动播放。

那是一个令人非常震撼的场面，20多位被布仁巴雅尔拍摄过的老人携着满堂子孙来到现场。他们每个人都穿着和拍照片时一样的服装，走进摄影展展厅，寻找自己的照片，兴高采烈地和自己的照片合影。有的一大家子好几十人，儿子女儿、孙子孙女、重孙子重孙女都来了，也要全家挤到照片前面一起合影，欢乐和幸福溢于言表，比过年还热闹。

也有一些照片前，只有子孙与照片合影，因为照片中的老人已经去世了。事实上，这种情况在北京举行展览时就出现了：开展第二天，就传来了沙驼老人去世的消息。一个星期后，传来了整个影展

已经100岁的玛丽亚·索特地穿上同一件衣服、拿着书在自己的照片前拍照留念，把三个自己拍了下来：墙上放大的照片、书的封面和来到现场的自己

第七章 呼伦贝尔·万岁——深情的人做深情的事

布仁巴雅尔、乌日娜和老人们在照片前合影留念

很多老人都是带着自己的子女、孙辈举家前来观看摄影展，并在布仁巴雅尔拍摄的照片前合影留念

197

里最高寿的玛丽雅·布以116岁高龄仙逝的消息……"他们年纪太大了，一天也耽搁不得。"布仁巴雅尔加快了拍摄进程。到这次回呼伦贝尔展出，他已经拍摄了96位老人，离百位的目标仅一步之遥。

在新书首发仪式上，布仁巴雅尔邀请刚好100岁的玛丽亚·索上台为新书揭幕，随后，他为每一位老人赠书。他走到每一位老人面前逐一鞠躬，把画册捧给他们。每一次鞠躬的时候，他都深深俯下身体，俯到老人的膝盖以下，低得几乎匍匐在地上，手里捧着的除了书，还有一条蓝色的哈达。布仁巴雅尔说："每一位老人都是一座高山，在他们面前，没有什么歌唱家、摄影家，只有一个回来感恩的孩子。我感恩他们。"谁都想不到，几天后，竟是白发人送黑发人。

两个月后，《呼伦贝尔·万岁》在2018海峡两岸书籍设计邀请赛暨海峡两岸最美书展中获得优秀作品奖。截至目前，《呼伦贝尔·万

布仁巴雅尔邀请100岁的玛丽亚·索为新书揭幕

第七章 呼伦贝尔·万岁——深情的人做深情的事

布仁巴雅尔深深地俯下身子,双手将书和哈达敬献给老人

布仁巴雅尔为观众签名赠书

199

一片云雾随风游——"吉祥三宝"一家的音乐人生

布仁巴雅尔接受媒体采访

布仁巴雅尔在自己的书前。这本书凝聚着他对家乡深深的祝福和爱恋

布仁巴雅尔、乌日娜与前来观看展览的老人和嘉宾们合影留念

岁》已向海外输出了英、韩、俄、吉尔吉斯坦、哈萨克斯坦、乌兹别克斯坦等多个文种的版权，其中，韩文版已落地出版。

后记
看见他们的美与好

于守山

　　大概,只有很当真、很长情的人才会做出这样认真却又漫不经心的事情:认真地生活,对得失漫不经心;认真地创作,对成败漫不经心;认真地交朋友,对利害漫不经心。

"吉祥三宝"中的每一个人,都不能说特别,但"吉祥三宝"在一起就显得独一无二。这本书涉及爱情、亲情、乡情,涉及艺术、事业、时代,涉及创作、成长、离合。很少有家庭,如他们这般丰盈。

作为一名电视晚会导演,我在很多年前就和布仁巴雅尔有过合作。

第一次,是夏天,在张北草原上的"京张心连心"晚会上。那一天,草原上刚刚下过一场急雨,天格外蓝,云格外白,巨大的露天舞台坐落在一望无际的草原中间,场景非常美。音乐响起,他穿着一身白色的蒙古袍、戴着一顶白色的毡帽,像歌神一样走上舞台演唱他的代表作《天边》,上万名观众如痴如醉。我对他说:"谢谢你。"他对我说:"谢谢你。"

成为朋友,是冬天,在冰天雪地的呼伦贝尔。那次,我担任中俄蒙美丽使者国际大赛总导演,邀请他当艺术评委。白天拍白桦林白雪皑皑的外景,晚上入住在额尔古纳。室外气温低到零下40度,酒店内我们围坐在一起宵夜,一边喝酒一边唱歌,不知不觉到了第二天的黎明。我说:"你这么能喝?"他说:"我是为了陪你。"

晚会之外的合作,是因为摄影和"呼伦贝尔·万岁"项目,从拍摄照片到拍摄纪录片,到策划成为展览,到编辑出版画册。

如果说在这本书中,我做到了尽可能全面和客观地记述"吉祥三宝"的故事,那么在这篇后记里我愿意用很个人的情感来评价他:布仁巴雅尔是一个很当真很长情的人,是被很多朋友帮助支持着取得成功又很当真很长情地感恩和回报朋友的人。

有一次我邀请他参加在四川阿坝红原大草原上的"绿色中国行"演出,我给他发信息:"早来几天吧,这里的大草原很美。"他没回我也没早来。但一个星期后在长白山的《绿色中国行》演出时,他却提前三天到了。发信息给我:"不是让我早几天来吗?你怎么还没到?"我说:"你搞混了。"他说:"是吗?我只记得你让我早点来,没在乎你是让我去哪里。"

大概,只有很当真、很长情的人才会做出这样认真却又漫不经心的事情:认真地生活,对得失漫不经心;认真地创作,对成败漫不经心;认真地交朋友,对利害漫不经心。

因为他有这个特质,整个"吉祥三宝"也有这个特质。很认真地努力,对结果漫不经心;很认真地付出,对回报漫不经心;很认真地自律,对伤害漫不经心。

布仁巴雅尔总说自己这家人都挺傻,但运气好。对于自己和"吉祥三宝"的成功,对于摄影和"呼伦贝尔·万岁"的成功,他都有很多"想不通":我怎么就成了歌唱家呢?我怎么就成了摄影家呢?歌唱家和摄影家都应该是了不起的人啊。

说这些话的时候,他很认真,是真的在想也是真的还没想通。

但生活中的事,哪有都能想通的。就像我至今想不通他的突然离世。

这本书,本来应该几年前就出版。三年前,出版社还在策划《呼伦贝尔·万岁》时,就提出想法,要在"有故事的中国人"系列中出

205

版一本关于"吉祥三宝"的书。但兜兜转转,三年后才把这本书写出来。对于逝去的人,我们需要把悲伤和慌乱淳化成更深沉的思念,在最恰当的时间距离上,看清和看全他们的美与好。

于守山

2020年6月,于北京

图书在版编目（CIP）数据

一片云雾随风游："吉祥三宝"一家的音乐人生 / 于守山著. -- 北京：新世界出版社，2021.7
（有故事的中国人）
ISBN 978-7-5104-7296-1

Ⅰ. ①一… Ⅱ. ①于… Ⅲ. ①传记文学－中国－当代 Ⅳ. ①I25

中国版本图书馆CIP数据核字(2021)第108820号

一片云雾随风游——"吉祥三宝"一家的音乐人生

作　　　者：	于守山
图 片 编 辑：	王昌龙
责 任 编 辑：	李莎莎
责 任 校 对：	宣慧
装 帧 设 计：	魏　文　魏芳芳
责 任 印 制：	王宝根　苏爱玲
出　　　版：	新世界出版社
网　　　址：	http://www.nwp.com.cn
社　　　址：	北京西城区百万庄大街24号（100037）
发 行 部：	（010）6899 5968（电话）（010）6899 0635（电话）
总 编 室：	（010）6899 5424（电话）（010）6832 6679（传真）
版 权 部：	+8610 6899 6306（电话）　nwpcd@sina.com（电邮）
印　　　刷：	北京宝隆世纪印刷有限公司
经　　　销：	新华书店
开　　　本：	880mm×1230mm　1/32　尺寸：145mm×210mm
字　　　数：	180千字　印张：6.875
版　　　次：	2021年7月第1版　2021年7月第1次印刷
书　　　号：	ISBN 978-7-5104-7296-1
定　　　价：	68.00元

版权所有，侵权必究

凡购本社图书，如有缺页、倒页、脱页等印装错误，可随时退换。
客服电话：（010）6899 8638